99 CLICHÉS
À FOUTRE
À LA POUBELLE

Jean-Loup Chiflet

99 CLICHÉS À FOUTRE À LA POUBELLE

Dessins de Pascal Le Brun

INÉDIT

Points

Artiste associée
Anne Camberlin

ISBN 978-2-7578-1903-6

LE GOÛT DES MOTS

UNE COLLECTION DIRIGÉE PAR PHILIPPE DELERM

Les mots nous intimident. Ils sont là, mais semblent dépasser nos pensées, nos émotions, nos sensations. Souvent, nous disons : « Je ne trouve pas les mots. » Pourtant, les mots ne seraient rien sans nous. Ils sont déçus de rencontrer notre respect, quand ils voudraient notre amitié. Pour les apprivoiser, il faut les soupeser, les regarder, apprendre leurs histoires, et puis jouer avec eux, sourire avec eux. Les approcher pour mieux les savourer, les saluer, et toujours un peu en retrait se dire je l'ai sur le bout de la langue – le goût du mot qui ne me manque déjà plus.

Ph. D.

Un silence assourdissant

Tout journaliste qui se veut dans l'air du temps ne peut plus évoquer le silence gêné, complice, coupable, éloquent, scandaleux, scandalisé, peiné, religieux, hypocrite, d'un gouvernement ou d'un groupe de personnes à l'égard d'événements graves comme le génocide du Rwanda, sans rajouter l'adjectif « assourdissant » qu'un confrère est allé pêcher un beau jour dans un livre de Camus. Outre l'aspect ébouriffant de ce terme rare qui vous pose en personne connaissant ses classiques, on se rend compte, même confusément, qu'il y a dans *silence assourdissant* une alliance paradoxale entre deux mots qui semblent se contredire et donc un début de création littéraire. Comme monsieur Jourdain qui faisait de la prose sans le savoir, notre journaliste, surtout s'il est sportif, brandit son oxymore à tout bout de champ, avec la fierté du néophyte. « *Un silence assourdissant* planait sur le cortège des footballeurs vaincus de retour d'Afrique du Sud. » Il y met la même joie que le petit enfant qui ramène de la cour de récréation ses premiers gros mots. De plus, l'emploi de l'adjectif « assourdissant » le dispense de chercher le terme adéquat qui permettrait de décrire avec précision les faits qu'il rapporte. Faire d'une pierre deux coups, c'est le rêve de tout paresseux vaniteux...

Un vaste tour d'horizon

Pour les vastes penseurs qui nous prodiguent leurs vastes mais néanmoins profondes pensées, il ne peut être question de se contenter d'un petit tour d'horizon des problèmes qui agitent ce bas monde. Le « vaste » s'impose devant la majesté de l'horizon et de l'orateur. Les auditeurs, admiratifs, opinent du bonnet en remuant de vagues réminiscences littéraires. Le père Hugo avait bien dû jadis poétiser sur le vaste horizon du ciel, de la mer et de la terre. Oh ! combien de marins, combien de capitaines...

Mais, quand nous effectuons *un tour d'horizon*, qu'il soit vaste, large ou même étroit, nous faisons un tour complet sur nous-mêmes en portant notre regard au loin vers l'horizon. Comme la sœur Anne de l'épouse trop curieuse de Barbe-Bleue, nous scrutons les lointains et, comme elle, nous ne voyons pas souvent venir sur la route qui poudroie le sauveur ou la bonne idée qui nous avait poussés à faire ce tour d'horizon. Voilà pourquoi « vaste » est redondant, tout comme « large », qui a moins de gueule que « vaste », il faut l'avouer. Quant aux minables qui se contentent d'*un petit tour d'horizon*, ils doivent souffrir d'ankylose physique et mentale. Ils font partie de ces voyageurs paresseux, souvent obèses, qui parcourent les sites touristiques en train miniature réservé aux enfants en bas âge.

Un accouchement douloureux

Vous aurez remarqué que l'on associe rarement l'épithète « douloureux » à un véritable accouchement, à savoir celui d'un bébé sortant des entrailles de sa mère. Dans ce cas, on parle plutôt d'un accouchement « difficile ». On n'entend jamais parler d'une boulangère, ou d'une ministre, qui auraient repris courageusement le travail après *un accouchement douloureux* ! Douloureux, un accouchement ? Tous les hommes vous diront « pas tant que ça », mais... s'il s'agit du vingtième roman d'un écrivain ravitaillé par des nègres, du dernier single d'un chanteur, des trois coups de pinceau d'un barbouilleur, ou du couturier qui va transformer une créature de rêve en un être androgyne et anorexique : là, ça fait mal !

Au bord de sa piscine hollywoodienne, le barde moderne qui a réussi à se tirer trois vers du nez et à faire rimer amour avec toujours, trimbalant de chaîne en chaîne de télévision ses jérémiades, va confier à son public, y compris des femmes au neuvième mois de leur grossesse, l'*accouchement* de son œuvre dans la douleur.

Que faire ? Comment aider ces artistes en plein « travail » ? Leur conseiller peut-être la technique de l'accouchement sans douleur, c'est-à-dire écrire, composer, peindre en respirant comme un petit chien... savant.

Un calme olympien

Les dieux de l'Olympe, en toutes circonstances, restaient... de marbre. Homère, auteur de l'*Iliade* et l'*Odyssée* (et non pas de *Liliane va au lycée* comme quelques libraires ont cru l'entendre parfois), racontait que l'Olympe était un endroit extrêmement paisible, où les dieux se laissaient vivre dans le calme et la volupté. Hélas, il semblerait que, depuis, les dieux (surtout ceux du stade) soient tombés sur la tête. Juste retour aux origines quand même puisque les jeux du stade ont commencé à Olympie. D'autres sources autorisées (oui, mais par qui ?) stipulent que le *calme olympien* s'inspirerait de la placidité de Junon face aux multiples conquêtes de son époux Jupiter, alias Zeus. Plus proche de nous, il nous est permis de douter du *calme olympien* de Josette bafouée par son mari Marcel couchant avec Simone. Non, les vrais survivants de l'Olympe, ce sont nos politiques qui gardent remarquablement leur sang-froid face aux piques de leurs adversaires pendant des campagnes de dénigrement où les épreuves sont dignes des jeux... Olympiques.

GARDIEN DE BUT
OLYMPIE - VERS 430

Un bilan provisoire

Voilà un bilan qui ne demandait qu'à rester dans son contexte économique et qui est devenu un véritable fourre-tout. Premier dérapage : le bilan de santé. La Sécu, riche de tout l'argent qu'elle n'a pas, propose des bilans à tous les bien portants. Les autres, malades, n'ont droit eux qu'à un diagnostic. Ce contrôle technique gratuit fait l'inventaire de ce qui peut encore fonctionner et de ce qu'il va falloir changer. Car ce n'est pas drôle d'avoir la rate qui se dilate et le foie qu'est pas droit.

Mais voilà que le bilan est victime d'un massacre sémantique pour envahir nos quotidiens. Qu'il s'agisse de catastrophes naturelles ou d'attentats-suicides, le nombre de pertes humaines est appelé « bilan ». « Provisoire », de surcroît. Parce qu'il y a encore de l'espoir ? Un bilan étant un constat, la photo d'une situation à un moment donné, il ne peut qu'être provisoire. Un bilan définitif, ça bascule tout de suite dans le passé, celui de la Seconde Guerre mondiale, par exemple.

Quant aux potes de Michel Audiard, ils ont pour la plupart avalé leur bulletin de naissance. Bref, ils ont déposé le bilan. Ça, c'est du brutal et, façon puzzle ou non, c'est bien dommage pour nous.

Un célibataire endurci

Malgré le salon qui lui est consacré, les sites de rencontres, les réunions « speed dating » où on lui donne cinq minutes pour vendre sa BMW, ses biceps, son job de comptable et sa caravane, le célibataire... s'endurcit. Alors comment cet être privilégié entre tous se retrouve-t-il affublé d'un adjectif généralement réservé aux criminels ? Est-ce parce qu'il redoute d'avoir à partager un jour sa sacro-sainte télécommande ou parce qu'il est victime d'une mère possessive et intrusive ? Et à partir de quel âge quitte-t-on le statut de célibataire « mou » pour celui d'« endurci » ? Certes, la pratique du bodybuilding facilite bien des choses. L'endurcissement, ça se travaille. En réalité, le célibataire s'endurcit non pas en raison de chagrins d'amour récurrents mais parce qu'il a su déjouer les pièges pour le rester : ruses de belles-mères potentielles, dîners organisés pour le faire craquer, week-ends familiaux passés à monter des Lego pour son petit-neveu. On gagne ses galons d'endurci comme un bidasse sort crotté d'un parcours du combattant. « Certains hommes, disait Sacha Guitry, n'ont que ce qu'ils méritent ; les autres sont célibataires. »

Un cruel dilemme

Franchement, je ne connais guère de gentils ou d'agréables dilemmes – sauf, peut-être, entre fromage et dessert, ou entre marennes et belons. Mais notre époque, encore et toujours, a besoin d'en rajouter une couche. Désormais, le dilemme sera forcément cruel ou ne sera pas. Tremblez, braves gens, car à tout moment le *cruel dilemme* peut fondre sur vous. Qu'il s'agisse d'héberger votre belle-mère ou de la mettre dans une maison de retraite, de garder ou de virer un ministre de l'Immigration et pour les sinistrés charentais de conserver ce qui reste de leur pavillon avec vue imprenable sur la mer ou de faire une demande à l'office d'HLM le plus proche... Ah ! la cruauté du dilemme exprime bien la dureté sans nom des temps où nous vivons. Baguette ou pain de mie ? Boudin blanc ou boudin noir ? Sarko ou Ségo ? Le doute m'étreint, me broie. Je me console en relisant ce brave Corneille, dont les personnages se contentaient d'être en proie à un débat cornélien.

Un cheval de bataille

Jadis, le *cheval de bataille* était un fier destrier (remarquez au passage que tous les destriers étaient fiers), un puissant palefroi capable de supporter à la fois son caparaçon métallique et son cavalier protégé par une armure pesante. Ainsi équipé, il pouvait écrabouiller l'adversaire qu'il avait renversé, tel un Panzer à l'assaut des plaines belges. Il ne craignait ni le fracas assourdissant du combat, ni les masses hurlantes qui se ruaient sur lui. Imperturbable, il menait son heureux cavalier à la victoire. Quand les techniques de combat eurent évolué, le *cheval de bataille* se retrouva à l'écurie… des idées, loin des arbalètes et des mousquets qui avaient vaincu son illustre ancêtre. Il fut changé en argument pour démolir les idées de l'adversaire, qu'elles soient politiques, économiques, culturelles ou idéologiques. « La nouvelle voiture hybride de Renault est son *cheval de bataille* pour remporter le marché mondial. » On reste dans le domaine de la guerre, tout comme ces hérauts de la politique qui montent sur leurs grands chevaux pour défendre leurs positions. Mais tous ne sont pas de bons cavaliers. Ils ont beau enfourcher leur *cheval de bataille*, ils se font désarçonner par plus démagogues qu'eux et en sont réduits à seriner leur « dada », leur « marotte » qui, au propre comme au figuré, leur sert de sceptre de bouffon.

Un échec cuisant

Les responsables du sommet de Copenhague sur le réchauffement climatique estimaient que parler d'*échec cuisant* aurait été déplacé... Et pourtant, qui sait si ce n'est pas ledit réchauffement qui entraîne une prolifération d'*échecs cuisants*? Parce que après tout, un échec tout bête, on finit par s'y habituer. Mais notre époque adore la surenchère, et un *échec cuisant*, c'est autre chose. Cela vous marque au fer rouge! Ainsi, on entend parler de l'*échec cuisant* de l'UMP aux régionales ou de la France en Coupe du monde de football. Mais qui dit cuisant dit cuisson. Alors, qu'est-ce qui vous ferait plaisir? Un échec au court-bouillon? À l'étouffée? À la vapeur? À feu doux? Dans tous les cas, la température sera laissée à l'appréciation des instituts de sondage... Quant aux échecs tout bêtes, on les réserve aux négociations entre patronat et syndicats et entre Israël et Palestiniens. Rien de cuisant là-dedans. La routine! Dommage toutefois que la pionnière de l'*échec cuisant*, Jeanne d'Arc, ne puisse nous livrer son sentiment sur la question.

Un étrange accoutrement

Accoutrement ? Accoutrement ? Pourquoi pas affublement, défroque ou déguisement ? Comme disait Musset : « Que signifie cet accoutrement ? » Voilà un mot bizarrement « accoutré », si, si, le participe existe. Pour « fagoté », c'est le contraire. On emploie souvent le participe, mais rarement le substantif, « fagotage ». Mais revenons à notre habillement ridicule. Pourquoi s'évertuer à associer l'adjectif « étrange » à un accoutrement qui l'est du fait même ? Nous avons encore une fois un drôle de flou sémantique qui nous rappelle Fernand Raynaud avec son « Quand vous descendrez, montez donc, vous verrez le petit comme il est grand ». Car *étrange accoutrement* est une répétition qui n'apporte rien à ce qui vient d'être dit. J'ai déjà cité quelque part mes pléonasmes favoris, avec une mention spéciale pour « au jour d'aujourd'hui » qui est un double pléonasme. J'ai bien envie d'y rajouter « être affublé d'un étrange accoutrement », souvent entendu mais jamais dénoncé comme un autre double pléonasme. On pourrait, pourquoi pas, enfiler comme un collier de perles des triples ou des quadruples redondances pléonastiques : « Il était bizarrement affublé d'un étrange accoutrement grotesque. » Bizarre, j'ai dit bizarre ?

Un jardin secret

Eh bien non, vous ne saurez jamais ce qu'il y a dans mon *jardin secret* qui n'a plus de raison d'être si on lève le voile sur son contenu. Par définition, un *jardin secret* est un domaine clos réservé aux sentiments et pensées intimes que l'on souhaite garder pour soi. Et comme c'est une propriété privée, personne n'y a accès. Mon *jardin secret* a d'abord été un petit lopin où je cultivais mes rêves d'enfant. Puis ce jardin d'enfant(s) s'est agrandi, parfois embelli, sans jamais devenir un jardin public : il y a des plates-bandes qu'il ne faut pas piétiner, et des coins sombres interdits aux curieux.

Je suppose que votre *jardin secret* ressemble au mien, il est votre chasse gardée, aussi précieux que le jardin d'Éden. Et comme moi, vous fuyez les exhibitionnistes qui confondent confessions et révélations avec lavage de linge sale. Quant aux badauds avides de scoops qui buzzent, ils se nourrissent de « la vérité sur » ou de « tout sur ma mère ». Ils veulent tout savoir sur les grosses légumes qui aiment raconter des salades et qui s'affichent avec des belles plantes. Quand je serai bien vieux, mon *jardin secret* deviendra un jardin d'hiver que je continuerai, à l'instar de Candide, de cultiver. Je vous dis cela bien sûr sous le sceau du secret.

Un monstre sacré

Quand Cocteau imagina en 1940 l'expression *monstres sacrés* dans sa pièce éponyme, il ne se doutait pas qu'elle connaîtrait un tel succès. À l'origine, l'appellation « monstre » indique une différence spectaculaire par rapport à ses congénères, en mal comme en bien. Mais que vient ajouter le terme « sacré » ? Est-ce une allusion à l'onction que recevaient les rois de France à Reims, par la grâce de la céleste colombe, plus blanche que neige, qui apporta dans son bec, en 496, la sainte ampoule lors du baptême de Clovis ? Cette cérémonie consacrait les rois de France aux yeux de leurs sujets, alors que ce sont désormais les journalistes, les critiques, et bien plus encore le bourdonnement médiatique, cet horrible « buzz », qui décident de la consécration de tel ou tel artiste, comédien, chanteur, musicien, écrivain, peintre... J'arrête là mon énumération car elle est sans fin. Les *monstres sacrés* connaissent une prolifération extraordinaire, au gré de ces fameuses rumeurs, incontrôlables et aussi versatiles qu'irrationnelles, qui peuvent encenser puis assassiner aussitôt après. Vont-ils subir le sort des vaches sacrées de Delhi, que l'on commence à éliminer discrètement, car elles gênent la circulation ? Peut-être... *Monstres sacrés*, il est temps de quitter le cirque médiatique, si vous ne voulez pas vous retrouver transformés en sacrés monstres.

ZNORT

Un lourd tribut

Historiquement, le tribut, c'est la contribution que le vaincu doit verser au vainqueur. Dans cette appellation *stricto sensu*, je serais bien mal venu d'ironiser sur le bien-fondé d'éventuels « tributs légers ». Parce qu'en pareil cas le tribut avait rarement, si j'ose dire, la main légère, et qu'au fond, les guerres, ça servait aussi à ça. Seulement voilà : notre époque, peut-être en mal d'épopée et de sensations fortes, nous en rajoute une couche, au cas où nous aurions mal compris. Et puis, on ne sait jamais, certains risquent de confondre « tribut » avec « tribu ». Nous voici revenus aux temps les plus sombres de l'histoire, sauf que ce ne sont plus Assurbanipal, Alexandre le Grand, Jules César, Soliman le Magnifique qui prélèvent *un lourd tribut* sur des populations qui n'en peuvent plus, mais la canicule, les accidents de la route, les inondations, les tempêtes et les cyclones, sans oublier l'alcool, la drogue et le tabac. Non seulement nous voilà tributaires des caprices et des vices de la nature, mais nous devons aussi participer à la vie économique de notre pays en versant des contributions directes et indirectes. Tout cela commence à peser finalement assez lourd pour le contribuable.

Un mythe vivant

Le premier plumitif qui a osé lancer l'expression *mythe vivant* est probablement un sacré cancre qui ne se souvient plus des cours de son professeur d'histoire de sixième ni des récits fabuleux à la gloire des dieux gréco-romains. Chacun sait, sauf lui, que le mythe n'est qu'une légende, une simple construction de l'esprit sans rapport avec la triste réalité. Appliquer ce terme à un individu, et de surcroît à un contemporain, est une absurdité sur le plan rationnel, mais nos amateurs de sensationnel, éminents spécialistes du poids des mots et du choc des photos, n'en ont cure. Ils se fichent bien de savoir que « mythe » et « vivant » sont antinomiques et contradictoires. Je suis désolé, n'en déplaise aux chroniqueurs sportifs, Zidane est vivant, grâce à Dieu ou à Allah, ou aux deux à la fois, il n'est donc pas un mythe. D'ailleurs, le traiter de la sorte ne peut que nuire à sa réputation. Tout le monde, et les jaloux de tout poil en particulier, n'aura de cesse de chercher la faille. Quel plaisir malsain de le voir chuter plus tard de l'Olympe ! Et ceux dont l'esprit irrationnel regrette encore la disparition des mythes ne seront pas les moins féroces. Leur idole, leur icône a trahi leurs espoirs fous ? Qu'elle soit bannie des cieux jusqu'à la fin des siècles des siècles ! Amen.

Un plaisir non dissimulé

Le plaisir dissimulé, voire refoulé, se soigne sur un divan, quoi qu'en pense Michel Onfray. Et s'il est *non dissimulé*, il sonne faux car tous les euphémismes ne sont pas faciles à décoder. Alors, mesdames, pour répondre au fameux « Alors, heureuse ? », ne vous contentez pas d'un simple « Bof ! » car on ne saurait comment l'interpréter : ennui ou extase ? simulé ou non dissimulé ? Ce qui est non-quelque chose est de plus en plus à la mode. Pour moi, il est le signe d'un esprit tortueux : on ne parle plus de secret mais de « non-dit » et l'aveugle est devenu « non-voyant »... Quant à ce *non dissimulé* qui tourne autour du pot, puisqu'il n'a rien à cacher, qu'il se montre ! Je n'aime pas les faiseurs de litotes genre « Vous n'êtes pas sans savoir ». Je préfère ce rocker qui crie « Que je t'aimeu, que je t'aimeu, que je t'aimeu ! » plutôt que « Va, je ne te hais point ! ». Aller droit au but, ça n'est pas pour me déplaire (pardon, je voulais dire « ça me plaît »). Alors, bas les masques ! Et écoutez plutôt cette grande fille toute simple célébrée par Prévert : « Je suis comme je suis / Je suis faite comme ça / Quand j'ai envie de rire / Oui je ris aux éclats ». Que celui qui n'a rien à cacher me jette la première moumoute... Je sais, c'est un mauvais exemple : ce n'est *a priori* pas un plaisir d'être chauve, et si ça l'est chez certains, il est bien dissimulé.

Un siège éjectable

Le *siège éjectable* est une invention pour antihéros. Grâce à lui, le pilote peut sauver sa peau en cas de problème : il lui suffit d'actionner son siège pour s'offrir un plongeon salvateur en criant « Courage, fuyons! ». Comme il saute assis, il est vraiment peinard.

Le problème, c'est qu'un tel siège est réservé aux puissants et aux chefs dont la vie vaut tripette parce qu'un chef a toujours le beau rôle. Dès son plus jeune âge, c'est lui qui tombe sur la fève, qui gagne au Monopoly, qui triche aux interros sans se faire prendre, et dont les plus belles filles du quartier tombent amoureuses. Aussi, quand un ministre se plaint d'être sur *un siège éjectable*, on se demande bien pourquoi. Car si la maison prend feu, il peut toujours s'éjecter, bien calé dans son siège ministériel équipé d'un parachute stabilisateur. Le fait est que, souvent, un bon boss aime jouer au grand ordonnateur : il remanie, il limoge, il vilipende... en prononçant la sentence divine : « Tu es poussière et tu retourneras en poussière. » Et celui qui est arrivé à son poste dans un fauteuil de trembler pour son siège.

Si vous êtes exigeant en matière de confort fessier, n'achetez jamais votre « fauteuil relax » au premier venu. Ne prenez pas l'option « éjection » même s'il s'agit de la promotion du mois. Le bouton-poussoir doit seulement incliner le dossier. Ainsi vous ne serez jamais en mauvaise posture...

Un sourire ravageur

Un sourire ravageur, c'est une question de dimension. Parce que la mode décide de tout, aussi bien de la longueur des jupes que de la largeur de la bouche. Après toutes ces Joconde qui esquissaient une ébauche de semblant de sourire, il y a eu les fines bouches, les bouches en cul de poule, les sourires du bout des lèvres et les sourires sous cape. Mais c'est le chat du Cheshire, le sympathique complice d'*Alice au pays des merveilles*, qui a fait le plus d'émules avec son sourire fendu jusqu'aux oreilles. N'empêche que le sourire à la mode se doit d'être ravageur. Ça fait froid dans le dos car un tel sourire est à sa victime ce que la punaise est à la tomate ou le doryphore à la pomme de terre : il anéantit avec la violence d'un tsunami. Pour les hommes adeptes du sourire du chasseur-qui-ne-rentre-jamais-bredouille, attention aux dents ! Il vaut mieux ne pas avoir de bridges qui pivotent, quoique les sourires d'enfants avec leurs dents baguées, dents de lait ou dents de lapin nous fassent craquer. En réalité, on a tous plusieurs cordes à notre arc de Cupidon : un T-shirt blanc sale pour Brando, un truc en plumes pour Zizi, un piège à filles pour Dutronc et un sourire désarmant mais surtout pas ravageur pour Bourvil.

Un stupide accident

Pas un jour sans apprendre, hélas, que des gens connus ou inconnus ont été victimes à la fois d'un stupide cliché et d'un non moins *stupide accident*. Parce que vous en connaissez, vous, des accidents intelligents ? Si l'on est en droit de se demander quel est l'idiot responsable de ce stupide cliché, il serait encore plus intéressant de rencontrer l'inventeur de l'éventuel accident intelligent. Dans le cas où Adolf Hitler eût été victime d'un chauffage au gaz défectueux ou Staline d'un empoisonnement à la vodka frelatée ? Voilà qui nous donne de quoi douter du discernement de « l'intelligence supérieure » qui préside à notre destinée de pauvres terriens, en épargnant de parfaits salopards et en liquidant de braves types victimes d'accidents qu'ils n'ont pas cherchés. Le *stupide accident* me fait penser aux « Darwin Awards » dont le but est de récompenser à titre posthume les « morts à la con ». Parmi les lauréats, un mauvais coucheur qui avait envoyé une lettre piégée qui lui était revenue parce qu'elle n'était pas assez oblitérée.

À quand les « Clichés Awards » ?

Un train d'enfer

Lorsque vous allez à *un train d'enfer*, c'est-à-dire à toute berzingue, vous risquez de perdre la vie et de vous retrouver devant trois choix : purgatoire, paradis ou enfer. La fille aînée de Louis XV, elle, avait fait son choix. Ce serait le paradis mais à *un train d'enfer*. « Au ciel ! Au ciel ! Au galop ! » implorait-elle sur son lit de mort.

Voilà une expression qui caricature bien notre époque. Nous sommes tous des hommes pressés comme Pierre Niox, le héros de Paul Morand, boulimique de la vie, toujours occupé par mille choses et obsédé par l'idée de ne jamais perdre son temps. Mais c'était en 1941 et cet homme ne faisait que se hâter, voire se dépêcher. Rien à voir avec notre époque, qui nous condamne à vivre à *un train d'enfer* si nous ne voulons pas... mourir ou plutôt si nous voulons survivre. Jeter définitivement cette locution à la poubelle serait un bon moyen de nous insurger contre l'hyperactivité ambiante et retrouver le « bon usage de la lenteur » chère au regretté Pierre Sansot. Cliché pour cliché : entre le lièvre et la tortue, je favorise cette dernière. Souvenez-vous, La Fontaine écrivait que la tortue allait « son train de sénateur ». Sénateurs ? Il ne manquait plus qu'eux dans le débat. Il est vrai que question « train-train », « train de vie » et « grand train », ils savent de quoi ils parlent. Mais que fait la SNCF ?

Un vibrant éloge

L'éloge n'est pas mort. Mais il est souvent réservé aux seuls défunts. Ne soyez pas vexé si l'on n'a jamais fait le vôtre, votre tour viendra bien assez tôt. En attendant, on peut toujours rendre hommage à vos qualités. Feu mon voisin a été enterré dans la plus stricte intimité, sans fleurs ni couronnes, et il n'a eu droit qu'a des regrets éternels. Rien à voir avec ces obsèques en grande pompe qui rendent hommage aux personnalités politiques ou du showbiz. Cet éloge-là, si l'on en croit la presse, est toujours solennel, voire vibrant. Mais qu'est-ce qui nous fait vibrer ? Le panégyrique du défunt ? Les toccatas et fugues de l'organiste ? Les drapeaux en berne ? La sonnerie aux morts ? Les discours émus devant le cercueil ? Tous ces adieux... obséquieux ?

À croire que le *vibrant éloge* est une variante spectaculaire de la thanatopraxie, car il encense le défunt et embaume ses défauts. Plus jésuite, tu meurs, c'est le cas de le dire. Les vibrants éloges posthumes d'une hypocrisie lyrique inspiraient Michel Audiard : « Un tel air de faux cul, c'est presque de la franchise. » Ah ! Les *good vibrations* que procure un *vibrant éloge*... Il y a de quoi se retourner dans sa tombe. Brassens en rêvait, lui qui voulait s'offrir « un petit bonheur posthume ».

Une accalmie passagère

Aucune accalmie, hélas, n'est à espérer sur le front de la « pléonasmite » et des périssologies, tautologies et redondances, quand on entend sans cesse ce beau mot « accalmie » alourdi par le superflu « passagère ». Qui se souvient qu'« accalmie » désigne le calme passager de la mer ? Apparemment plus grand monde ! Que les ingénieurs de la météorologie utilisent cette expression à longueur de bulletins, soit ! À l'époque du principe de précaution et du risque zéro, les malheureux se sentent sans doute obligés d'insister lourdement sur le côté éminemment *passager* de *l'accalmie*.

L'expression a encore de nombreux jours paisibles à couler, en compagnie d'autres pléonasmes insolites tels que « cirrhose du foie », « samba brésilienne » ou « proviseur de lycée ». Elle a tout l'avenir devant elle, car la réduction constante des heures d'enseignement de la langue française, dont notre gouvernement ponctue ses pseudo-réformes, ne risque guère d'améliorer les performances. À moins qu'il n'ait comme « futur projet » de procéder par « étapes successives » pour faire un « panorama complet » des ravages de la redondance dans l'Hexagone.

Une belle brochette

Lorsque les métaphores n'ont rien à voir avec la gastronomie, je m'interroge. Certes, la brochette est tout à fait mangeable, malgré son aiguille à tricoter qui brûle les doigts et ses cubes de viande cuits-dehors-crus-dedans qui nous mettent la bouche en feu.

Alors, une bonne brochette, peut-être, mais *une belle brochette*, c'est à voir, à condition qu'elle soit féminine, composée de miss, dauphines, ou hôtesses de charme qui... mettent en appétit. C'est vrai qu'elles sont belles les brochettes de ton pays, Enrico, mais à cause de toi on a miss Poitou, miss Quercy Rouergue, miss Limousin, sans compter la supermiss qui travaille du chapeau. Curieusement, les body-buildeuses et lanceuses de poids n'y ont pas droit, car *une belle brochette*, ça doit faire saliver. Sinon, ce n'est plus une brochette mais un gang ou une bande, et les militaires se déplacent en commandos, jamais en brochettes à l'exception des légionnaires à cause du sable chaud.

Le sexisme a encore de beaux jours devant lui, et même si les petites-filles des suffragettes ont brûlé leurs soutiens-gorge et sont devenues professeures d'université, les machos ne les voient pas. Il leur faut des créatures consommables et libido-dégradables ; mais qui se frotte trop à la brochette risque de se piquer.

Une brève apparition

Cette *brève apparition* ferait-elle partie de ces miracles non élucidés ? Toujours est-il qu'elle n'en finit pas d'apparaître brièvement. Si l'on lit quelque part que le ministre ou le candidat du conseil général a fait une apparition au marché de Brive-la-Gaillarde, elle ne peut être que brève, mais si c'est une visite, elle est beaucoup plus longue. L'apparition se mesure en minutes, la visite en heures. Demandez à Bernadette Soubirous ou aux petits bergers de Fatima ce qu'ils en pensent ; ils vous répondront en patois bigourdan ou en portugais dialectal et vous ne serez pas plus avancés. Heureusement, l'Église a pensé à tout : « L'apparition est la manifestation visible d'un être invisible, surnaturel : ce message est le plus souvent un appel à la conversion et à la pénitence. » D'après une célèbre encyclopédie catholique, il se produirait dans l'apparition ce que les théologiens appellent « le sentiment de la présence ». C'est bien ce que je pensais : lorsqu'on est témoin de la *brève apparition* d'un ministre ou d'un député, on est bien victime de dangereuses hallucinations. Même sainte Thérèse d'Ávila est de mon avis : « Il est des personnes tellement remplies des fantômes de l'imagination qu'elles croient les voir réellement. »

Une course contre la montre

L'obsession de l'urgence ne date pas d'aujourd'hui puisque le Lapin Blanc stressé d'*Alice au pays des merveilles* ne cessait déjà de courir en tirant une montre de la poche de son gilet et de gémir à l'idée d'être en retard. Plus près de nous, les pompiers entament chaque été une *course contre la montre*... et contre le mistral pour éteindre les incendies, mais les journalistes, encore eux, sont moins bien placés dans leur recherche du sensationnel pour user et abuser de la *course contre la montre*. Que vient-elle faire à propos de la fonte des glaciers, du développement durable ou de la lutte contre le réchauffement planétaire ?

Une ambulance roulant à tombeau ouvert tue plus sûrement le malade trop secoué qu'une ambulance conduite sagement. On ne prend plus le temps de la réflexion, pourtant bien nécessaire, on se croit obligé de courir sans cesse contre la montre, alors qu'il est clair que les aiguilles de ladite montre tournent plus vite que nos jambes. « Rien ne sert de courir », disait La Fontaine, mais Devos fait mieux : « Je connaissais un sportif qui prétendait avoir plus de ressort que sa montre. Pour le prouver, il a fait *la course contre sa montre*. Il a remonté sa montre, il s'est mis à marcher en même temps qu'elle. Quand le ressort de la montre est arrivé à bout de course, la montre s'est arrêtée. Lui a continué et il a prétendu avoir gagné en dernier ressort. » Raymond, reviens...

Une démarche citoyenne

C'est, semble-t-il, lorsque la France célébra en grande pompe le bicentenaire de la Révolution qu'un exalté iconoclaste et ignare inventa l'expression *démarche citoyenne*, transformant ainsi le nom « citoyen » en adjectif. La formule a depuis été mise à toutes les sauces et récupérée par tous les camps politiques pour se donner bonne conscience. À l'époque du citoyen de 1789, les nobles renonçaient à leurs privilèges, le peuple en guenilles se battait jusqu'à la mort pour sauver la République naissante. En guise d'hommage et en souvenir de cette époque épique, les médias de 1989 ont imaginé la *démarche citoyenne*, dans l'espoir d'un renouveau du civisme. Et voilà que nous retrouvons cette démarche dans des domaines aussi variés et inattendus que la vente de saucissons bio ou de papier hygiénique recyclé, le camping à la ferme franco-française, ou le développement durable. Consommons toujours plus, mais en citoyens éco-responsables ! Rien que de belles *démarches citoyennes*, participatives et solidaires... L'adjectif « citoyen » est maintenant tellement chargé de connotations positives qu'on le retrouve partout : « sursaut citoyen », « argument citoyen » ou « journalisme citoyen » ! Les puristes auront beau faire la grimace, « citoyen » a encore une belle carrière devant lui, même s'il a le même sens que « civique », qui lui n'a plus la cote, allez savoir pourquoi !

Une épée de Damoclès

Cette épée qui nous pend au nez a traversé les siècles pour devenir une métaphore de la fragilité : Damoclès était tellement envieux du tyran Denys l'Ancien que celui-ci, à titre de leçon, lui proposa de prendre sa place pendant une année. Pour lui montrer la précarité de sa puissance, il fit suspendre, lors d'un repas somptueux, une épée au-dessus de sa tête, accrochée à un seul crin de cheval. Bonjour l'ambiance !

La fin du monde, c'est pour bientôt, c'est Nostradamus qui l'a dit. Ce n'est donc pas la peine de consulter les oracles, on sait qu'on est foutus. Et ce n'est pas une épée qui va nous tomber sur la tête mais le ciel tout entier. Ça commence déjà, avec des chutes de météorites...

Vous qui vous croyez en bonne forme, vous savez que tout homme bien portant est un malade qui s'ignore. C'est à cause du docteur Knock que le trou de la Sécu est abyssal : maladies cardiovasculaires, verrues plantaires, il faut soigner tout ça avant même les premiers symptômes. Mais tous les traitements préventifs ne sont qu'un coup d'épée dans l'eau. Et, comme un malheur n'arrive jamais seul, éloignez-vous du volcan islandais.

Pour ma part, cette épée qui ne tient qu'à un fil, je m'en balance. comme de la pendule du salon qui dit oui qui dit non qui dit : je vous attends. On verra bien.

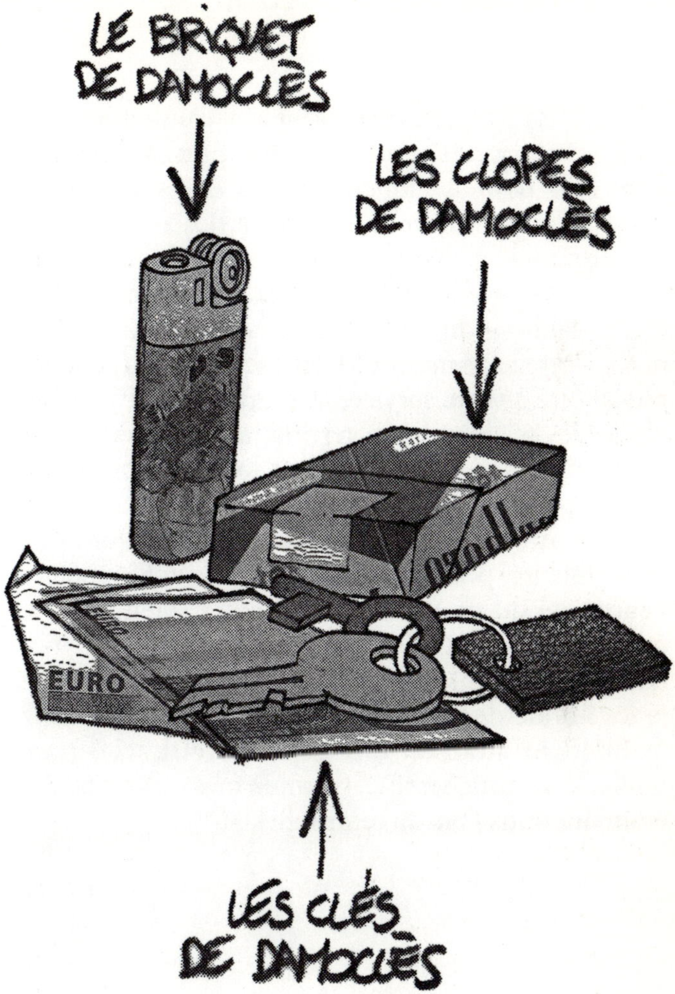
LE BRIQUET
DE DAMOCLÈS
LES CLOPES
DE DAMOCLÈS
EURO
LES CLÉS
DE DAMOCLÈS

Une efficacité redoutable

Culte de la performance et du résultat oblige, l'efficacité toute simple ne suffit plus. C'est tout juste bon pour les fonctionnaires et les planqués. Il suffit de se montrer bêtement efficace, pour que l'on commence à vous regarder d'un sale œil. C'est fini, on se réveille ! Votre efficacité se doit d'être « redoutable » – du nom sans doute de l'ex-orgueil de notre flotte sous-marine ! L'efficacité ne se contente plus d'être à votre service, ce serait bien trop facile. Non, elle se doit d'être terrifiante. D'où certaines conclusions : quand un de mes livres se vend bien (ce qui peut arriver), je souligne l'*efficacité redoutable* de mon attachée de presse ; quant à mon plombier, je le félicite pour son *efficacité redoutable* malgré l'énormité du montant de sa facture. Même chose pour le maître d'hôtel du restaurant où j'ai mes habitudes, qui me sert des escargots avant même que je les lui aie demandés. Mais justement... Me voilà maintenant attablé... à rêver d'une efficacité tranquille, apaisante, sereine. Comme mes escargots. Pas vraiment dans l'air du temps, hélas !

Une éminence grise

Comme il s'agit d'un conseiller influent qui reste dans l'ombre d'une personne très haut placée, on a tendance à croire que l'adjectif « grise » serait un clin d'œil à l'obscurité où se complaît notre éminence. Mais que signifie « éminence » ? Ou plutôt Éminence ? Le premier à porter non le slip, mais le titre fut le Père Joseph, de son vrai nom François Joseph Le Clerc du Tremblay, ministre occulte de Son Éminence le cardinal de Richelieu. Éminence est en effet le titre que l'on donne aux cardinaux, ce que devint le Père Joseph à la fin de sa vie. Quant à la couleur grise, c'est celle de la bure du froc de capucin, l'ordre monastique auquel il appartenait. Il est vrai que le gris évoque la loi du secret, l'ombre épaisse qui emplit les cloîtres ou les bureaux feutrés d'où partent les décisions tramées dans le plus profond silence afin de surprendre l'adversaire et de le foudroyer. Aussi est-il surréaliste de voir de nos jours s'agiter des *éminences grises*, qui s'imaginent diriger dans l'ombre d'un chef, qui une équipe de foot, qui une multinationale fromagère ou de prêt-à-porter. Grandeur et décadence débridée de l'*éminence grise*, qui devient gourou, vestale ou âme damnée. N'est pas Raspoutine qui veut...

Une énergie débordante

Avez-vous déjà entendu parler d'une énergie rentrante ? Moi non plus, puisque qui dit énergie dit vigueur et force, du type volcan en éruption. D'où l'emploi redondant de *débordante*. On est dans le même cas de figure obligée que Charybde et Scylla, ou Astérix et Obélix. Ah ! Cliché, quand tu nous tiens, il n'y a pas photo ! Je suggère d'autres adjectifs qui nous permettraient de bénéficier de variantes plus imagées : bouillonnante, déchaînée, débridée, vibrionnante, fougueuse ou impétueuse. De telles énergies ne vous évoquent personne ? Vous n'avez jamais entendu parler d'un personnage qui s'agite beaucoup, qui voyage à travers la terre entière à un rythme effréné, qui promet énormément dans des déclarations solennelles et débordantes de sollicitude envers tous les malheureux, et qui ne tient jamais ses promesses ? Ne vaudrait-il pas mieux que ceux qui nous gouvernent le fassent avec une énergie rentrée, c'est-à-dire qu'ils gesticulent moins pour agir plus ? Nous ne voulons pas d'une énergie qui, telle une coulée de lave, non seulement détruit tout sur son passage, mais empêche aussi les avions de voler ! Nous avons besoin d'une énergie réfléchie, qui ne suive pas l'air du temps. Que d'énergie gaspillée !

Une longue traversée du désert

Me voilà avec mon bâton de pèlerin, espérant ne pas prêcher dans le désert en dénonçant le retour à des expressions gnangnan comme cette *longue traversée du désert* censée décrire une épreuve de longue durée dont on espère sortir un jour. Il s'agit souvent d'une personnalité rejetée un moment de la scène publique, qui a cependant pu continuer à entretenir sa villa sur la Côte ; on utilise plus rarement l'expression pour désigner le pauvre hère entre RMI et RSA. Traverser le désert implique que l'on y entre et que l'on en sorte et le pipole a plus de chances de le quitter un jour que le chômeur de voir la fin de ses galères. Le désert est aussi bien connu des hommes politiques. De Gaulle est un de ceux qui ont le plus longtemps foulé les sables de la solitude. L'humoriste Pierre Daninos, lui, se gaussait de ces mirages : « Un homme politique s'éloigne de la scène politique pendant trois mois : c'est la traversée du désert. » Ne nous étendons pas sur ces longues traversées au temps de la fuite en Égypte, du séjour de Jésus inventant le carême ou encore de Lawrence d'Arabie franchissant le terrible Nefoud, qui nous paraissent aujourd'hui bien désuètes. Pour rester dans les poncifs, on pourrait quand même les décrire comme de « folles équipées », mais certainement pas aussi folles que ces cinglés et autres masochistes du Paris-Dakar.

Une prison dorée

Si je comprends bien, il en serait des prisons comme des hôtels : vous serez dirigé vers un pénitencier dont la catégorie sera proportionnelle à votre larcin. Si vous avez, par exemple, détourné cinquante millions de dollars, vous vous verrez attribuer un cinq étoiles en bord de mer où les cellules sont spacieuses, le service irréprochable et les menus gastronomiques (avec léger supplément cependant pour le homard « Matué » !). Si l'air marin ne vous convient pas, vous pouvez opter pour un chalet suisse mais il n'est pas fourni par l'État. Si vous avez seulement escamoté l'argent du tronc de la paroisse, vous aurez droit à un établissement pénitentiaire ou, selon le nouveau vocabulaire carcéral, à « un endroit d'enfermement ». Le terme « prison » est donc devenu incorrect à moins qu'elle ne soit « dorée » à l'or fin.

Quand on pense que ce pauvre Fouquet a dû quitter son château de Vaux-le-Vicomte pour la forteresse de Pignerol où Louis XIV, fou de jalousie, l'a fait enfermer jusqu'à sa mort, pour détournement de fonds publics... on se dit qu'il était temps de prendre la Bastille !

Une végétation luxuriante

Pas question de saper le moral des Français, déjà bien atteint, avec des végétations clairsemées, éparses, chétives, et je vous en passe et des pas vertes. Là encore, je suppose qu'il s'agit de ne pas faire les choses à moitié, *a fortiori* dans la perspective du réchauffement climatique. Voilà pourquoi la végétation sera luxuriante ou ne sera pas. Luxuriante, forcément luxuriante, aurait dit Marguerite Duras. Et puis, cet adjectif, avec le mot « luxure » qui, mine de rien, pointe le bout de son nez, a quelque chose d'incitatif, voire de carrément vendeur, comme on dit dans les agences de pub... Ce sont les agences de voyages qui prônent la « luxuriance », celle de paysages dignes de Tarzan et des hôtels clubs tellement sertis dans un écrin vert que l'on se demande si l'on ne va pas se retrouver submergé sous la mousse, les fougères et les lianes. Ceci expliquant sans doute cela, la vraie luxuriance n'est plus ce qu'elle était. Et si l'on parlait un peu de la forêt amazonienne, par exemple. On donne le change comme on peut. Et puis, les halls d'accueil des entreprises en témoignent, on fait de bien belles luxuriances avec les plantes artificielles...

Une volée de bois vert

Prise au sens propre, la *volée de bois vert* qu'on assenait à tour de bras me paraît démodée. Le bois est un matériau noble qui mérite mieux que le dos des bandits. Seul Guignol se laisse encore aller à la bastonnade, mais c'est pour amuser les gones de ma bonne ville de Lyon.

Il paraît que le bois vert, souple et cinglant, pouvait faire très mal et celui qui en était victime ne pouvait plus s'asseoir pendant au moins un an et un jour. Mais comme la taille mutilait les arbres, au XIXe siècle, le marquis Nicolas de Hulot, ancêtre de qui vous savez, a fait voter une loi pour qu'il ne soit plus utilisé qu'au sens figuré : celui qui recevait *une volée de bois vert* n'était plus battu physiquement mais subissait des propos insultants et des critiques acerbes. Violence verbale, aussi destructrice mais moins spectaculaire.

Aujourd'hui, il y a plusieurs façons de régler ses comptes sans déboiser les forêts. Soit on pratique le combat à mains nues, on file des raclées et certains, les gros durs genre tontons flingueurs, mettent en garde avant d'agir : « J'correctionne plus, j'dynamite, j'disperse, j'ventile... » Soit on préfère assommer de paroles. Heureusement, c'est l'ONF qui s'occupe des forêts et pas les redresseurs de torts, et depuis qu'on laisse le bois vert dans la forêt lointaine, je connais des coucous qui sont bien contents.

Un vœu pieux

Le *vœu pieux*, tel qu'on l'emploie de nos jours, présente l'intéressante particularité d'être autodestructible, à l'instar du message qui avertit les héros de *Mission impossible*. Appeler à la création d'une taxe carbone? *Vœu pieux*! S'engager à lutter contre la délinquance? *Vœu pieux*! «Déghettoïser» les banlieues? *Vœu pieux*! Souhaiter que les restaurateurs répercutent la baisse de la TVA? *Vœu pieux*! Certes, il y a dans tout vœu, de quelque nature qu'il soit, quelque chose de virtuel. On souhaite, mais on n'est pas sûr que cela soit exaucé – les vœux de bonne année sont un grand classique du genre. On sait que l'année qui s'ouvre risque d'être encore pire que la précédente, mais on fait semblant d'y croire. Alors que la particularité des vœux «labellisés» pieux, c'est qu'on sait qu'ils ne seront jamais exaucés. Et puis, pourquoi ne pas appeler un chat un chat, et un bobard un bobard? Et pourquoi pas des vœux païens? Tout étant dans son contraire et réciproquement, peut-être que ceux-là se réaliseraient! Au risque de faire jaser dans les monastères.

À géométrie variable

L'année de ma terminale, notre professeur de maths démontra à la classe médusée que la géométrie d'Euclide, vieille de plus de deux mille ans, était désormais supplantée par la géométrie non euclidienne. Jusque-là, par un point extérieur à une droite, il passait toujours une ligne parallèle à cette droite, et une seule. Eh bien, dorénavant, il ne passerait plus une seule ligne parallèle par ce point donné, mais une infinité ! Ainsi, la géométrie d'Euclide serait remplacée par une *géométrie variable*, semblant en cela s'adapter parfaitement à notre monde aux contours flous, si loin de la rigueur de la Grèce antique. La vérité radieuse des théories d'Euclide n'existait donc plus. À sa place, s'était installée une vérité *à géométrie variable*, à l'image de l'union de la gauche, de l'Europe et de la politique en général. Ce qui explique qu'on peut chaque jour réduire la voilure de la justice sociale : les idées, les impératifs les plus sacrés deviennent fluctuants, *à géométrie variable*, selon que vous êtes « puissant ou misérable », comme disait La Fontaine.

À deux vitesses

Coluche, inspiré par le sacro-saint triptyque républicain *Liberté, Égalité, Fraternité* qui illustre nos frontons, rigolait doucement. D'après lui, il y avait des gens « plus égaux » que d'autres, ce qui expliquerait aujourd'hui encore que la France vue du sol ressemble à une mosaïque. Aujourd'hui tout me sépare de mon voisin. Certes, les goûts et les couleurs, ça ne se discute pas. Heureusement : imaginez des millions de moutons de Panurge amateurs des mêmes côtelettes...

Nous roulons *à deux vitesses* : justice *à deux vitesses*, école, université, médecine, conditions de travail, régimes d'aide sociale et de retraite, culture, j'en passe et des bien pires. Notre société est schizophrène : d'un côté les fous du volant, de l'autre les traînards de la stagnation sociale qui se font doubler. Les premiers démarrent au quart de tour puis passent la surmultipliée pour atteindre leur vitesse de croisière, voire leur vitesse de pointe. Persuadés que plus on va vite, plus le temps est court, ils confondent vitesse et précipitation. Les autres sont les oubliés du système, les bonnets d'âne de cette course à l'échalote. Faux départ, perte de vitesse puis perte d'emploi. Alors, soyez prudent : n'abusez pas des « deux poids deux mesures » qui faussent la balance. Et surtout, n'essayez pas d'aller plus vite que la musique...

ROCKETS
2

À dose homéopathique

L'homéopathie est la médecine de l'infiniment petit, qui consiste à administrer des doses infinitésimales d'une substance qui serait toxique à haute dose. Les enfants qui jouent au docteur les adorent car « même pas peur ». On ne peut pas en dire autant des cataplasmes, clystères et ventouses, remèdes de soi-disant bonne femme. Ils ont disparu, Dieu merci. Car il y avait de quoi vous dégoûter d'être malade.

Tout est question de dosage. *À dose homéopathique*, l'absinthe s'appelle *Artemisia absinthium*, à dose apocalyptique elle fait quelques dégâts (absinthe se dirait « Tchernobyl » en russe). Absinthe est aussi le nom de la météorite qui s'écrase sur la terre dans l'Apocalypse de saint Jean… Quant à Verlaine et Rimbaud, ils ont été inspirés et détruits par la « fée verte », celle-là même qu'Oscar Wilde trouvait plus belle qu'un coucher de soleil.

Autant de raisons de cesser d'inventer nos propres *doses homéopathiques* au détour de nos discours ; on vous le dit, c'est dangereux. Contentez-vous d'un soupçon, d'un doigt, d'une goutte, que sais-je encore ? J'en ai ma dose de ces granules qui sont devenus l'étalon de mesure à la mode.

Au grand maximum

« Maximum » est ce qu'on appelle chez les grammairiens un superlatif intensif, ce qui (traduit en langage courant) signifie qu'on est arrivé au top. Mais tout comme Iznogoud qui veut être calife à la place du calife, d'aucuns veulent encore aller au-dessus du maximum et, parmi eux, la vénérable Éducation nationale qui ne craint pas, d'employer cette expression redondante dans ses instructions « ressources collège » (*sic*) ! Après ça, il ne faut pas s'étonner si le niveau minimal des élèves s'effondre jusqu'à atteindre le pire et, pour être dans l'air du temps, « le plus pire » ! En attendant, certaines dames de petite vertu vous promettent, paraît-il, de vous faire atteindre le septième ciel « en cinq minutes, *au grand maximum* », ce qui, reconnaissons-le, en une époque où le temps est de l'argent, est on ne peut plus honnête. *Au grand maximum* est d'ailleurs si bien entré dans les mœurs que nos amis anglais l'ont adopté pour nous offrir un *at the very most* pas piqué des hannetons. Certains disent même « au gros maximum », mais l'expression séduit moins les foules, car les obèses ne font pas recette (de cuisine, bien sûr). Alors, à quand *au très grand maximum* ? Au maximum, dans un minimum de temps, car si quelqu'un excelle dans l'exagération excessive et follement démesurée, c'est paradoxalement le Français moyen.

Un amateur éclairé

Si l'on vous traite d'« Amateur ! », vous êtes le roi des fumistes, mais si vous vous prétendez amateur d'art contemporain, on s'incline. Car « amateur » est un mot polysémique, porteur d'autant de défauts que de qualités. Puisque je suis *amateur* de mots et de clichés ridicules, laissez-moi en dresser l'inventaire. Il y a l'amateur pas sérieux, touche-à-tout et bon à rien. Sûr de lui, il déteste la contrainte. Il ne peaufine pas, il bâcle. C'est à cause de lui que ma piscine fuit : du travail de sagouin ! Au féminin, l'amateur n'est ni amateuse ni amatrice mais dilettante, comme la Pierrette Dumortier du film de Pascal Thomas. Il y a aussi l'élève indolent, qui vient au cours de maths « en amateur ». Reste *the* amateur, celui qui nous impressionne par ses connaissances. Cultivé, esthète, il nous éblouit. Est-ce parce qu'on le dit « éclairé » ? Contrairement à l'amateur *ignorantus ignoranta ignorantum* si *obscurantus* qu'il n'a même pas inspiré La Bruyère, pourtant amateur de caractères, cet *amateur éclairé* a dû voir le jour au siècle des Lumières. Il a des passions et des centres d'intérêt variés : musique baroque, bordeaux ou foot, et dans les librairies, il en connaît un rayon. Certains disent qu'il « assure ». D'autres, des poètes sans doute, évoquent son rayonnement. Si c'était le cas, il serait plus « éclairant » qu'« éclairé » !

DIPLOME
DENTISTE
AMATEUR
ÉCLAIRÉ

Au-dessus de la mêlée

Je suppose que cette image a un rapport avec la complexité de ce début de XXIe siècle, que je juge à peu près aussi incompréhensible qu'un match de rugby. Il est vrai qu'entre gestes tactiques, brillantes actions individuelles ou collectives alternant avec brutalité extrême et arrosage de troisième mi-temps, tout y est. Et puis, pas facile à dompter, le rugbyman. Généralement 100 kilos, tout en muscles, retrouvant des accents de chasseur ancestral défiant ceux qui osent s'aventurer sur son territoire, ou arborant un look de brute antédiluvienne. Dès lors, celui qui se tient *au-dessus de la mêlée* se distingue, tel l'arbitre de rugby qui arrive à démêler tout cela. Rien à voir avec ce tas de brutes suant, poussant, ahanant. On ne survole plus les événements (d'ailleurs, les arbitres de rugby officient rarement depuis un hélicoptère), on ne prend plus de recul. Non ! On se tient *au-dessus de la mêlée*, comme un *deus ex machina* qui observe la scène d'un œil attentif mais serein, avant de concéder un peu de sa sagesse à ce monde de brutes. Mais attention ! Cela ne préserve pas toujours des éclaboussures lorsque le terrain est boueux.

Avoir les coudées franches

C'est nouveau et ça vient de sortir : tout le monde veut avoir *les coudées franches* y compris les hommes politiques. Mais que veulent-ils au juste ? La coudée est une mesure qui date de l'Égypte ancienne : elle représente la distance du coude à l'extrémité du majeur, soit plus ou moins cinquante centimètres. L'adjectif « franches », c'est un air de liberté, et *avoir les coudées franches* signifie qu'au cours d'un banquet, par exemple, on a suffisamment d'espace pour ne pas être gêné par ses voisins. Évidemment, nous autres du petit peuple, on se retrouve serrés comme des harengs alors que les « hôtes de marque » bénéficient d'un siège individuel bien large. Les puissants peuvent bien jouer des coudes, se frayer un passage en force à travers la foule des anonymes, ils ne sont ni contraints ni gênés dans leurs entreprises. Ils peuvent même laisser libre cours à leur franc-parler quoique la plupart d'entre eux ne soient pas très francs du collier. C'est l'attitude de nombre de potentats africains et de quelques-uns de nos petits seigneurs, à tous les échelons de la vie politique, dès lors que les contrôles de leur gestion deviennent insuffisants et qu'on les laisse jouer des coudes. Si quelqu'un vous somme de lui laisser *les coudées franches*, et s'il vous jure qu'il en fera bon usage, méfiez-vous car viendra le moment où vous devrez vous serrer les coudes pour résister à de franches canailles.

Avoir voix au chapitre

Au Moyen Âge, le chapitre désignait une assemblée de moines qui se réunissaient au nom de la loi : on leur lisait un chapitre du règlement dans la salle du chapitre de l'abbaye et celui qui refusait de psalmodier « Chaussé-ée aux moines ! » parce qu'il n'aimait pas le fromage était chapitré. Tous les moines avaient le droit de s'exprimer dans cette assemblée capitulaire, tandis que les frères convers ou frères lais n'avaient pas *voix au chapitre*. Dans les couvents de femmes, il y avait des sœurs converses qui vivaient pieds nus. C'étaient des sœurs laies, même si certaines étaient de belles sœurs. Aujourd'hui, même celui qui n'est plus en odeur de sainteté continue de revendiquer sa *voix au chapitre*. Dieu merci, nous avons le droit d'exprimer notre opinion, de voter, de nous abstenir et de descendre dans la rue. C'est démocratiquement correct. Et dans les familles, si l'on ne sait plus à quel saint se vouer, chacun donne de la voix. Car il ne faut pas prendre les enfants du bon Dieu pour des canards sauvages. Chacun prêche pour sa paroisse, et personne n'écoute plus la voix de son maître. Une telle cacophonie me paraît assez saine. Après cette homélie, encore un mot *ex cathedra* : ce « chapitre » est à ranger définitivement avec les chefs-d'œuvre en péril qui embellissent nos églises, à côté du pupitre et du lutrin.

Une bouffée d'oxygène

Quand les déboires sentimentaux, professionnels ou existentiels vous mettent à plat, vous êtes en apnée ; vous avez besoin de retrouver votre souffle. Si, comme Alain Souchon, vous vous sentez « mal en campagne et mal en ville », il vous faut un coup de pompe. Mais le *nec plus ultra*, c'est, paraît-il, l'oxygène, accessible à tous. J'en doute, car les bouteilles sont encombrantes et elles déforment les poches. Le ballon est plus léger, mais vous risquez de vous envoler et de ne plus toucher terre. Reste la *bouffée d'oxygène*. Mais qu'est-ce qu'une bouffée peut bien changer ? Pour ma part, j'inspire comme je respire. Je suis le monsieur Jourdain des échanges respiratoires. C'est pourquoi cette *bouffée d'oxygène* ne m'inspire pas du tout. Elle n'est même pas une image, seulement une évidence. Ainsi, ce petit enfant qui me sourit mérite mieux que d'être assimilé à une *bouffée d'oxygène*. Pour Victor Hugo, la petite Léopoldine était « un rayon qu'on espère ».

Quand je manque d'air, j'ouvre la fenêtre, j'aspire une grande bouffée, d'oxygène, et je trouve un second souffle. C'est mon automédication. J'ai toujours été assez gonflé...

Un buveur invétéré

Il suffit d'être taxé de simple « buveur » pour devenir suspect. Suspect de quoi ? Serait-ce un crime de boire ? Oui, si l'on ne spécifie pas ce que l'on boit. Parce que le buveur, sans autre précision, s'adonne forcément à la boisson alcoolisée. Mais alors, comment le *buveur occasionnel* devient-il un *buveur invétéré* – littéralement celui qui persévère et reste ancré dans une mauvaise habitude ? Tout est dans le « qui persévère ». Tendez attentivement l'oreille : notre ivrogne persévère, il perd ses verres à force de les casser au cours de ses beuveries, et donc il ne lui reste plus qu'à saisir la bouteille au goulot pour étancher sa soif, perdant ainsi toute dignité. Ou bien il perd ses verts et oublie les joies saines de la campagne. Ou encore, si l'on en croit Lacan et son célèbre « père sévère », le buveur, accablé par son pater, perd son ossature mentale et devient un buveur invertébré, oh ! pardon ! *un buveur invétéré*. Mais c'est à peu près la même chose. Quant à l'eau ferrugineuse...

Le charme discret

Je vous vois venir… Eh bien non, je ne vous parlerai pas de Buñuel. La bourgeoisie n'est plus ce qu'elle était, l'huis n'est plus clos, il ouvre même sur un *open space*. Et c'est dans ce no woman's land que la bourgeoise s'encanaille. O *tempora !* O *mores !* Dieu merci, le charme n'est pas mort, il se porte même comme un… charme. Autrefois, chez « ces gens-là », le charme se devait d'être discret. Il était tout entier contenu dans des paupières baissées et des pommettes rosies par l'embarras. Et ceux qui tombaient sous le charme de la jeune fille en fleur se lançaient le défi de partir à l'assaut de la forteresse. Si la résistance était trop forte, il leur restait les femmes de chambre, celles auxquelles Buñuel, encore lui, consacra son *Journal*.

Mais comme les feux de l'amour ne brûlent pas de la même façon pour tout le monde, changeons de sujet et parlons plutôt du charme tout court. Et surtout parlons-en avec prudence : ces hôtesses de charme qui vous font du charme n'ont ni discrétion ni charme. Pas plus que celles qui posent pour des photos de charme. Elles ne manquent pourtant pas de charmes…

Vous m'avez bien compris : si le charme est discret, il est pléonasme. S'il n'est pas discret, il n'est pas. Le charme est rompu quand il y a exhibitionnisme.

À bientôt, et merci pour cette charmante soirée.

Clouer au pilori

Il y a longtemps que les maîtresses d'école ne mettent plus les sales gosses au piquet mais on adore garder ces rêves de pilori pour y clouer les coupables, en particulier les grands blonds à culotte noire qui brandissent leur carton jaune sous les cris de « À mort, l'arbitre! ». La littérature sportive est friande de ces références religieuses et un bel arbitre attaché tel saint Sébastien à une colonne offrant ses cuisses nues à des dizaines de flèches, quel magnifique sujet de rêverie. Mais je m'égare! Il se trouve que le mot « cloué » si fortement associé à la vie du Christ n'a rien à voir avec le pilori, qui n'était qu'un poteau où l'on attachait le voleur de poules voué aux insultes et aux crachats de la foule en colère. Aujourd'hui, ces malheureux ont été remplacés par tous ces poseurs de bombes et voleurs d'enfants, auxquels on pourrait ajouter la racaille victime de délit de faciès. Ces derniers, livrés à la justice populaire, ne feraient pas de vieux os. Le Moyen Âge n'est pas si loin. Certes, on n'écartèle plus et le bracelet électronique est moins lourd à traîner qu'un boulet de bagnard. Mais le pilori moderne, c'est aussi ce fameux audimat qui en deux coups de télécommande oblige un président des États-Unis à confesser ses frasques devant des millions d'anonymes en train de saliver.

Une véritable course de vitesse

Voilà un sport qui m'a toujours amusé, à défaut de faire de moi un adepte. Comment peut-on concevoir la « course » sans la « vitesse » ? Une course de lenteur, comme dirait Juliette Gréco, « ça n'existe pas, ça n'existe pas », sauf peut-être entre une limace et un escargot ?

Pour atteindre le panneau « arrivée », on pratique la course à pied, à cheval ou en voiture. La *course de vitesse* bénéficie d'une appellation d'origine contrôlée, et ceci depuis les premières olympiades (huit siècles avant J.-C.). D'après Homère, les athlètes couraient comme des dieux... C'est bien plus tard qu'on a ajouté le marathon, la course de fond, et de demi-fond pour ceux qui préfèrent la demi-mesure. Les héros ne manquent pas, du légendaire Philippidès aux mythiques Zátopek et Usain Bolt. De quoi nous donner des complexes... vite oubliés devant le spectacle de leurs visages grimaçant de douleur ou de leurs pieds en capilotade. Quant à « la solitude du coureur de fond », Alan Sillitoe en a fait tout un livre. Et vous, êtes-vous prêt à vous lancer dans cette *course de vitesse* qui est devenue une obsession nationale ? Offrez-vous plutôt des promenades en péniche, en gondole ou en montgolfière. Relisez R. L. Stevenson. Redécouvrez l'art de la sieste. Si l'esprit de compétition vous anime vraiment, faites la course avec une tortue. Vous en redemanderez. Foi d'animal.

Dans le bon sens du terme

Y aurait-il un mauvais sens du terme, puisque on juge parfois utile de préciser le contraire ? Ainsi, lors des derniers jeux Olympiques, a-t-on pu lire : « C'est le moment d'être chauvin, dans le bon sens du terme. » « Chauvin », par la grâce de cette expression, perdrait son côté péjoratif, qui est pourtant l'essence même du mot. Le terme désigne un patriotisme fanatique, cocardier, franchouillard voire xénophobe, et, d'un coup de baguette magique il prendrait subitement le sens d'« amoureux de son pays, supporter sportif sans aucun parti pris xénophobe ». « Chauvin » ne serait donc plus chauvin ! On voit, grâce à cet exemple, que le journaliste qui emploie, comme une béquille, l'expression *dans le bon sens du terme* doit s'être aperçu que le mot qu'il a étourdiment utilisé ne reflète pas correctement sa pensée. Au lieu de faire l'effort de chercher le terme exact, il corrige vaguement la connotation péjorative par cet ajout hâtif. Au lecteur de faire le boulot à sa place. Allez, je vais être dur avec vous, mais *dans le bon sens du terme* ; je ne veux pas vous tancer par pur sadisme, mais vous aider à progresser, comme les instituteurs d'autrefois qui donnaient des coups de baguette quand vous ne saviez pas vos tables de multiplication. Jetez donc à la poubelle ce *bon sens du terme* et creusez davantage vos méninges pour apprendre à préciser vos propos.

Dans le plus simple appareil

Voilà qui me donne envie de paraphraser l'immense Jean-Baptiste Poquelin : « Cachez ce *plus simple appareil* que je ne saurais voir. » Désormais, on n'est plus nu, et encore moins à poil voire à oilpé, expressions tout juste bonnes pour la racaille. On est, ou on apparaît *dans le plus simple appareil*. Cela revient exactement à la même chose, mais tout est dans la façon de le dire... Ainsi, rien de commun entre Paris Hilton à poil et Paris Hilton *dans le plus simple appareil*. Dans le premier cas, c'est l'ambiance calendrier punaisé sur un préfabriqué de chantier ; dans le second, nous ne sommes pas loin d'Ève au paradis terrestre, de la Vénus de Botticelli sortant des flots. J'attends avec impatience que certaines professions tirent les conséquences de ce corporellement décent : ainsi, les camps de naturistes transformés en « camps du plus simple appareil », ou « Au plus simple appareil : si vous trouvez plus simple ailleurs, on vous rembourse la différence ». Voilà une expression que notre Président ne risque guère d'employer. Imaginez-le affirmer, à une chancelière allemande, qu'il est venu *dans le plus simple appareil* alors qu'il descend d'un Airbus customisé à grands frais. Ce ne serait pas très crédible, face à une interlocutrice qui ne rigole pas côté rigueur... Des fois qu'elle le fasse rapatrier en Stuka !

De plates excuses

Combien de fois nous sommes-nous surpris à adresser *de plates excuses* à un interlocuteur que nous avions négligé, voire offusqué ? Voulions-nous vraiment nous prosterner humblement devant lui, nous mettre à plat ventre, le front dans la poussière, et ramper à ses pieds, tel un misérable ver de terre ? Car c'est bien cela dont il s'agit avec cet adjectif censé exprimer obséquiosité et servilité, confusion, culpabilité et désolation, la faute évidemment à notre éducation judéo-chrétienne.

Une autre interprétation porte moins à conséquence : ne s'agirait-il pas de dévider des platitudes d'une banalité affligeante (encore un cliché plat comme une limande), dépourvues de sincérité et de cœur ? En envoyant nos *plus plates excuses* à un interlocuteur, nous nous refusons à lui adresser des excuses circonstanciées ; nous pensons qu'il ne mérite pas un tel effort, quoique les règles sociales nous interdisent de le dire. Les *plates excuses*, et *pire* les *plus plates excuses*, sont froides, creuses, impersonnelles, purement for melles. Et si la personne qui vous les adresse est du genre caustique, soyez sûr qu'elle se délecte d'avoir fait preuve d'ironie à votre égard. N'en faites surtout pas tout un plat.

Un démenti cinglant

Qui dit démenti dit rumeur – ce bruit informel et persistant, sans source déterminée, fondé sur de fausses informations ou des complots savamment orchestrés. L'échelle des rumeurs est immense ; entre celle dite d'Orléans, celle d'un possible remaniement ministériel ou celle de la rupture d'un couple pipole, il n'y a pas photo, à l'exception, peut-être, de celle d'un paparazzo... N'empêche que la rumeur n'arrête pas de courir et on ne sait plus où donner du démenti, malgré les efforts de pauvres pompiers extincteurs de rumeurs, complètement débordés. Du coup, les démentis deviennent à leur tour des rumeurs et la boucle est bouclée. Il fallait donc réagir au plus vite. Place au *démenti cinglant*. Grâce au « cinglant », ça va saigner, ça va même flageller. Le *démenti cinglant*, c'est du brutal ! Ainsi, le verdict des urnes va infliger un *démenti cinglant* à l'optimisme du gouvernement et aux chiffres de la délinquance. Mais pourquoi tant de violence, alors que nous n'aspirons qu'à un peu de douceur dans ce monde de brutes ? Sans doute parce que plus les menteurs mentent, plus les cingleurs cinglent... De quoi devenir... cinglé !

Des allégations mensongères

Si je m'écoutais, j'aurais bien envie de traiter l'*allégation mensongère* encore une fois de pléonasme, n'en déplaise aux quarante immortels. Car une allégation est un motif, un prétexte, une excuse que l'on invoque pour se sortir de l'embarras. Avec son côté « bidon » elle est donc toujours mensongère. Quand celui qui arrive en retard allègue le décès de sa grand-mère (il en a combien ?), quel crédit lui accorder ? Quant à votre enfant, qui se protège derrière un « C'est lui qui a commencé ! », les puristes diront qu'il profère une *allégation mensongère*. Pour moi, il raconte un bobard. Nous n'avons pas les mêmes valeurs. Et nos mères nourricières qui nous obligeaient à manger nos légumes, est-ce qu'elles alléguaient les effets des carottes sur nos fesses roses ou des épinards sur nos biceps ? Faisaient-elles des allégations sans le savoir ? Autre victime : la ménagère de moins de cinquante ans au supermarché, où des « allégations nutritionnelles » très persuasives lui vantent cette fois les bienfaits du bifidus, du thé vert et d'*Aloe vera*... Jeanne Calment va être coiffée au poteau. Et nous, nous mourrons en bonne santé.

Allégations mensongères... Pourquoi toujours et encore ces termes sophistiqués qui cachent une fausse érudition ? Les précieuses étaient ridicules pour moins que ça.

Des applaudissements nourris

« La fin du concert fut accueillie par les *applaudissements nourris* d'une salle enthousiaste. » On comprend, par la force de l'habitude, que les applaudissements furent nombreux, voire chaleureux, mais pourquoi « nourris », adjectif qu'on verrait plutôt utilisé dans un registre culinaire ? Certes, La Fontaine décrit Raminagrobis comme un chat des mieux nourris, poil luisant et griffe acérée. Mais « nourri » désigne ce que l'on entretient et fait durer, fusillade, feu, critiques, et maintenant des applaudissements ! On en rajoute une couche en filant la métaphore et en lançant des salves, un tonnerre ou une tempête d'applaudissements. Mais qu'est-ce qui nourrit un tel emballement ? Vous vous êtes ennuyé ferme pendant ce concert de musique d'avant-garde, vous avez trouvé ces tableaux monochromes à peu près aussi enivrants et subtils que la peinture des murs de votre salon, et les idées de cet homme politique aussi peu novatrices que celles de ses prédécesseurs. Pourtant vous avez applaudi à tout rompre comme tout le monde, de peur de ne pas être dans le moule et d'avoir l'air idiot. Reste à savoir si les survivants affamés des camps de la mort accueillaient leurs libérateurs avec des *applaudissements nourris*. Si oui, c'est parce que l'on se nourrit non seulement de nourritures terrestres mais aussi de haines, d'illusions et surtout d'« espérances par trop folles », comme disait Chateaubriand.

Des dépenses somptuaires

Malgré son allure « bling-bling », encore une expression à rajouter au catalogue des vulgaires pléonasmes puisque *somptuaire* signifie tout bêtement « qui concerne la dépense ». Des *dépenses somptuaires* sont donc des dépenses qui concernent la dépense au même titre que panacée universelle redouble l'idée de totalité. Pour la défense de ceux qui confondent « somptuaire » et « somptueux », il est évident que leurs sonorités respectives sont très proches ; l'ambiguïté se ressent d'autant mieux que « somptueux » implique luxe et beauté, et des dépenses inconsidérées. Et si je vous dis que dès sa création l'État romain avait fait voter des lois somptuaires pour interdire les dépenses excessives, vous pensez évidemment que notre ministre du Budget devrait s'inspirer de ces glorieux fondateurs de Rome si attachés aux idéaux de simplicité. Mais vous imaginez le tollé ! Des lois somptuaires pour limiter les dépenses que des patrons peu scrupuleux font peser sur leurs entreprises seraient sans doute interprétées comme une incitation à la somptuosité. En réalité, c'est comme si c'était déjà voté vu que les gens qui nous gouvernent manquent de vocabulaire et confondent les mots et l'argent public. Ce qui explique le glissement de *dépenses somptuaires* vers dépenses luxueuses, ostentatoires, excessives et autres cigares.

Des suites d'une longue maladie

Triste réalité, certains mélanomes, malins il est vrai, peuvent vous emporter en quelques mois, ce qui peut sembler long à une famille en attente d'héritage mais très court pour celui ou celle à qui il ne reste que deux trimestres pour dilapider la cagnotte de la tante Simone mise de côté pour ses vieux jours ! Et puisque l'on est dans l'humour noir, comment ne pas penser à Pierre Desproges qui a bien été le dernier à prononcer le mot qui fait si peur sur les ondes, et à mourir non pas *des suites d'une longue maladie* mais d'un cancer pur et dur. « S'il n'y avait pas la Science, combien d'entre nous pourraient profiter de leur cancer pendant plus de cinq ans ? »

Le signe du Cancer est représenté par un crabe qui comme d'autres crustacés est en voie de disparition. Le cancer, lui, n'en prend pas le chemin et on évite de le citer pour conjurer le sort. Mais « le Soleil va quitter la constellation des Gémeaux pour traverser celle de Longue Maladie. » Est-ce vraiment plus rassurant ?

Déterrer la hache de guerre

Encore une métaphore guerrière ! Mais cette fois-ci, plus question d'imaginaire médiéval ; on ne monte plus au créneau après avoir enfourché un cheval de bataille en brandissant un fer de lance, non ! Place aux grands espaces d'Amérique du Nord et aux westerns de Howard Hawks. Filer la métaphore indienne n'a rien de très violent. On marche en file indienne plus rarement pour attaquer l'ennemi que pour pénétrer dans un métro bondé, quitte à utiliser des ruses de Sioux pour griller une place. Il nous arrive même de fumer le calumet de la paix sans le savoir lorsqu'on se livre à certaines pratiques sexuelles réprouvées par l'Église et par Magritte qui a toujours affirmé « Ceci n'est pas une pipe »... Mais je m'égare sur de dangereux sentiers de la guerre. Après avoir fumé le calumet, les Indiens *déterraient la hache de guerre* pour signifier la reprise des hostilités. Comme ils n'étaient pas vraiment belliqueux et que les combats pouvaient se révéler fatigants, ils se contentaient de brandir le tomahawk en gesticulant autour du tipi du grand sachem. Cette façon virtuelle de se battre a beaucoup inspiré nos hommes politiques et certains humoristes qui passent leur temps à s'invectiver. Le plus triste, c'est que les vrais Indiens ont disparu et que les seuls signaux de fumée qu'on aperçoive encore dans le désert du Texas sont ceux des centrales nucléaires.

PETITE LUNE
LUI VRAIMENT
BORDÉLIQUE...
BIP
BIP

Donner du grain à moudre

Tout le monde connaît le travail du meunier, pas celui qui dort, l'autre. Il moud le grain pour en faire du pain. Pour cela, il lui faut du blé, et plus il a de blé, plus il est riche, et plus il a de grain à moudre. Et quand le grain est moulu, le meunier l'est aussi. Après il peut en faire une galette, et plus elle est grosse, plus il roule les gens dans la farine.

Hélas, depuis Don Quichotte, le moulin a pris du plomb dans l'aile, le boulanger est dans le pétrin et le meunier n'a plus que son fils et l'âne. Mais on donne encore du grain à moudre à tous ceux qui ont du pain sur la planche : chaque fois qu'un ministre est adoubé, il reçoit son poids en dossiers brûlants et ce n'est pas de la tarte.

Ce grain à moudre a pris un sacré coup de vieux, comme le métier qui l'a fait naître. Démodé, le meunier, au même titre que le rémouleur, le poinçonneur des Lilas, le gai laboureur ou le semeur au geste pourtant si auguste. Ne pourrait-on donc pas faire un tri dans notre patrimoine photographique ? Ce type de cliché ne correspond plus à grand-chose quoique en vérité, je vous le dis, si le grain ne meurt, tout le monde se retrouvera sur la paille.

D'une banalité affligeante

Ce film, cette voiture, ce chanteur, ce menu... sont *d'une banalité affligeante*. Pour asséner ce jugement définitif, prenez l'air supérieur du spécialiste de cinéma, d'opéra, d'automobiles, d'art culinaire, et vous voilà transformé en spécialiste de la détection des abrutis. N'oubliez pas de faire la moue et de pousser un soupir profond, au moment précis où vous-même êtes en train de débiter une critique *d'une banalité affligeante*. Car, qu'est-ce qui vous empêche de dire navrante, consternante, lamentable pour, précisément, ne pas tomber dans le cliché éculé, dans la platitude assommante, dans une caricature de pensée décérébrée ? Si l'on prend la peine de réfléchir sur le sens de « banalité » – qui est un lieu commun, une évidence –, est-ce que ce poncif mérite la sévérité de jugement qu'implique le qualificatif « affligeante » ? Les gens qui emploient à tout bout de champ cette expression connaissent-ils vraiment la signification d'« affligeante » ? L'affliction est une douleur profonde, que la banalité, dans sa médiocrité bien ordinaire, ne suscite guère. Mais imaginons que tous les inconditionnels de la *banalité affligeante* soient d'une sensibilité exacerbée. Leur vie ne serait plus qu'une vallée de larmes qui expliquerait l'origine du réchauffement climatique ! Noé, prépare ton arche !

En odeur de sainteté

Curieusement, cette « sainte » expression est le plus souvent utilisée sous sa forme négative. Quand on est *en odeur de sainteté*, ça ne se dit pas, mais lorsqu'on ne l'est plus, il faut que ça se sache. On ne plaît plus, on est désavoué, on n'est plus sanctifié par une divinité quelconque – en l'occurrence un personnage politique ou un capitaine d'industrie auprès duquel, il y a peu, on était encore influent, indispensable et même intime.

L'odeur de sainteté ne convient pas à un VRP, ou même à un enseignant. Cette odeur diffuse des relents d'encens d'une volupté saint-sulpicienne qui ne sied point non plus à une technicienne de surface ou à une poissonnière en conflit avec son patron. Cette odeur-là a besoin pour s'épanouir de tapis feutrés et de paroles suaves, dégoulinant de compassion, susurrées à l'oreille de Dieu le Père. Secrets, complicités inavouées, sous-entendus... Ne plus être *en odeur de sainteté* ne signifie pas que l'on a rejoint le clan des mécréants ; ironie du sort, c'est plutôt le contraire : votre dieu ne croit plus en vous et c'est lui qui a perdu la foi...

Entrer dans la légende

À en croire certains journalistes, il y aurait une bousculade monstre aux portes de la célébrité, tant il se trouve de candidats prêts à *entrer dans la légende*. Icônes de la mode, idoles des jeunes, stars et starlettes du petit et du grand écran, mythes vivants de la beaufitude, dieux du stade, les superlatifs pleuvent dru pour masquer la platitude de leurs commentaires. « Le mythe devient légende », a écrit un jour, à propos d'un joueur de tennis, un journaliste sportif dont je tairai charitablement le nom. Ah bon... Mythe et légende, ce n'est pas la même chose ? En tout cas, l'hyperbole est devenue incontournable pour exprimer l'enthousiasme. Un autre journaliste, sans doute cousin du précédent, s'est essayé à pratiquer la nuance : « Ce titre lui permet d'entrer un peu plus dans la légende. » L'*entrée dans la légende* comporterait donc des degrés divers pour modérer l'exaltation de départ. On ne fourre pas tout le monde dans le même sac, on relativise notre propos... Mais la porte d'*entrée dans la légende* est suffisamment étroite pour dégonfler les baudruches et faire éclater les outrances verbales. Et que dire de ceux qui, sans tambour ni trompette, et dans l'indifférence la plus totale, rentrent honteusement au vestiaire ?

Essuyer les plâtres

Autrefois, l'art d'essuyer les plâtres était réservé aux seuls virtuoses de la truelle, jusqu'à ce que de nouvelles habitudes viennent tout gâcher. Les filles publiques du XVIIIe siècle s'en souviennent encore : quand une maison venait d'être construite, son propriétaire ne s'y installait pas tout de suite (le plâtre encore humide est très malsain). Il y mettait momentanément ces filles de joie dont Brassens affirmait que « C'est pas tous les jours qu'elles rigolent ». Surnommées « essuyeuses de plâtre », elles restaient là jusqu'à ce que les murs soient secs.

Observons une minute de silence pour ces Marie-Madeleine dont les conditions de vie sont devenues une métaphore... Depuis le XIXe siècle, tout le monde *essuie les plâtres*, il suffit d'être le premier. Soldat en première ligne, porte-drapeau, premier de cordée ou bouc émissaire, c'est lui qui s'expose et qui prend les coups, qui reçoit les critiques, les remontrances et les tomates bien mûres. Il y a parfois des médailles et des félicitations, mais ce ne sont que plâtre sur une jambe de bois...

Je n'envie pas ces pionniers du risque qui *essuient les plâtres* de la nouveauté. Je choisis toujours ce qui a fait ses preuves, parce que le prototype, à mon âge, c'est trop risqué.

Faire couler beaucoup d'encre

Ce sont surtout les faits divers teintés de scandale qui *font couler beaucoup d'encre*. Il s'agit en général d'encre noire, la même qui sert à relater le catastrophisme ambiant : « Une des pages les plus noires de notre histoire. » Résultat ? On se fait un sang d'encre.

Quoique nous n'ayons plus affaire au gratte-papier vêtu d'une blouse grise trempant sa plume dans l'encrier, l'encre continue de tacher, baver, éclabousser. L'écrivain Ambrose Bierce, auteur du fameux *Dictionnaire du Diable*, est du même avis : « Encre : Vil composé de tanin, de noir de fumée, de gomme arabique et d'eau, principalement utilisé pour faciliter la contagion de la bêtise et promouvoir le crime intellectuel. »

Les affaires qui *font couler beaucoup d'encre* sont celles qui font des vagues. « Normal, à cause des seiches », penseront les petits malins. La réalité est plus noire, ou bleu-noir comme dirait Waterman, puisque le jet d'encre provient plus souvent d'une imprimante que d'un céphalopode dibranchial. Quand on *fait couler beaucoup d'encre*, c'est plutôt pour noyer certains sujets dans le marais nauséabond du sensationnel. Les bonnes nouvelles ne sont pas concernées.

Un illustre inconnu

Pour qui se prend-il, cet *illustre inconnu*? Pour un oxymore? En tout cas, il n'est pas près de disparaître, étant donné notre prédilection pour les mariages de mots et de mets qui ne vont pas ensemble (sucré-salé ou clair-obscur). J'aimerais tout de même qu'on me dise pourquoi cet *inconnu* est *illustre*.

Un inconnu est, par définition, un anonyme aux « signes particuliers : néant ». C'est le passe-muraille, monsieur Tout-le-monde. Il n'a rien pour séduire… à part quelques bonbons que les enfants refusent avec prudence. Car on ne reçoit rien d'un inconnu. Et si ma voiture a été volée par X, on ne la retrouvera jamais car il est inconnu à cette adresse. Au féminin, l'inconnue est toujours belle, sauf celle qui hante les équations des matheux.

Cet inconnu, qui est incolore, inodore et sans saveur, ne peut donc pas être illustre, du moins pas de son vivant. Je connais un inconnu illustre. Jeune, poilu, courageux et trouillard, sa mort au champ d'horreur lui a valu une médaille ; et ce soldat inconnu au bataillon est devenu illustre… Comme je n'ai jamais aimé jouer au petit soldat, je ne peux pas rivaliser avec lui. Il ne me reste plus qu'à envoyer mon CV au *Who's Who*. Opération de la dernière chance pour que d'inconnu je devienne illustre. Enfin.

DANS LE CADRE D'UN TRAFIC DE VOITURES
LA POLICE RECHERCHE
UN NAIN CONNU
(ILLUSTRE, MÊME)

Faire ses choux gras

Chez les paysans du Moyen Âge, tout le monde savait planter les choux à la mode de chez nous car, avant d'y trouver des bébés, on en avait fait un aliment de base. Le chou bouilli, bête comme chou, était le plat du pauvre. C'était la fête quand on pouvait ajouter un bout de lard à l'eau de cuisson et rendre ses choux plus gras. De même, celui qui avait le don des affaires juteuses « engraissait » son escarcelle. Voilà comment une recette est devenue cliché.

Les opportunistes qui font flèche de tout bois ne sont pas morts avec l'évolution des modes culinaires : ils *font leurs choux gras* de toutes les situations. Autrement dit, ils font leur beurre. Parce que d'après eux le beurre est aux épinards ce que le lard est au chou. Ah ! L'éloge du gras, bon pour le portefeuille et moins pour les artères !

Je ne veux pas casser du sucre car je suis plutôt pour ménager la chèvre et le chou. Mais je ne peux m'empêcher de m'adresser à tous ces *faiseurs de choux gras*, gros comme des cochons : qu'ils arrêtent de plumer les plus malchanceux, maigres comme des coucous, car à force de vouloir le beurre et l'argent du beurre, ils vont faire chou blanc. Et quand ils seront dans les choux, ils ne pourront plus tuer le veau gras et boiront même le bouillon.

La cellule de crise

Nos hommes politiques tirent la sonnette d'alarme : depuis septembre 2008, le monde connaît une crise internationale. Fort heureusement, notre gouvernement a trouvé le remède pour soulager nos angoisses devant un monde devenu fou, *la cellule de crise*. Avouez que ça fait autrement professionnel et plus sérieux que les commissions d'antan, où ronronnaient de gros ronds-de-cuir, ou que les réunions d'urgence, synonymes de pagaille inefficace. On peut dire que *les cellules de crise* prolifèrent en ces périodes troublées aussi vite que les moustiques dans le marais poitevin. Pilotées par les centres de crise installés dans les grands ministères, elles se retrouvent déclinées en cellules psychologiques, cellules de communication, cellules logistiques, etc. Les cellules grises de la cellule centrale travaillent et chauffent sans limites, du moins tant que *la cellule de crise* mal gérée n'entre pas en crise elle-même, que le responsable financier n'a pas filé dans un paradis fiscal avec la caisse, bref, tant que la cellule, piégée à son tour par la crise, n'a pas sombré corps et biens en cellule de dégrisement, après moult libations pour noyer son désespoir.

La chasse aux sorcières

C'est Arthur Miller, écrivain américain célèbre en son temps mais jalousé pour avoir épousé Marilyn Monroe, qui serait à l'origine de cette expression, remettant au goût du jour l'épisode des sorcières de Salem. Il compara cet épisode douloureux de l'Amérique puritaine avec le phénomène de diabolisation des citoyens qui, dans les années 50, étaient accusés d'être sympathisants communistes. Mais l'ouverture de cette chasse date en réalité de 1484 lorsqu'un pape Innocent fit des bulles pour décréter que les sorcières devaient être transformées en gibier. Les Anglais, soucieux des quotas, envoyèrent au bûcher en 1677 nombre de météorologues mâles en les taxant de sorcellerie. Les satellites de l'époque n'étaient en effet pas assez performants pour leur éviter de confondre stratus et cumulonimbus. Quelques siècles plus tard, le chef météorologue de Sa Gracieuse Majesté échappa à la question pour avoir prévu une accalmie le jour J. On se contenta de le débarquer et d'écarteler sa grenouille. Et nos sorcières dans tout cela? Je suggère de leur donner un grand coup de... balai.

La cheville ouvrière

La cheville ouvrière est une vieille métaphore qui désignait la grosse cheville de fer reliant l'avant-train au corps d'un véhicule. L'adjectif « ouvrière » démontre le rôle essentiel de cette cheville qui « œuvre » au bon fonctionnement de la voiture. C'est la pièce qui bosse, qui en bave, bref qui travaille le plus. C'est ainsi qu'on est passé du sens propre au sens figuré : une personne physique devenue indispensable à la bonne marche d'une entreprise. Lesage, en 1715, présente son héros, Gil Blas de Santillane, comme *la cheville ouvrière* de sa bande de fripons, qui vivait d'escroqueries diverses et variées, tandis que nos brillants journalistes décrivent assez souvent avec enthousiasme *les chevilles ouvrières* que sont les capitaines d'industrie des grands groupes du CAC 40 ! Loin de moi, bien sûr, l'idée de faire un lien entre les fripons de la bande à Gil Blas et ceux de la bande du CAC 40, mais avouez que c'est tentant. En revanche, il paraît logique de dire d'Arlette Laguiller qu'elle a été *la cheville* (de Lutte) *ouvrière*, car depuis qu'elle n'est plus responsable de son parti, celui-ci aurait, dit-on, bien de la peine à retrouver ses scores d'antan, personne ne lui arrivant... à la cheville. Quant à ceux qui se prétendent souvent et un peu vite *les chevilles ouvrières* de leur organisation, ils feraient mieux de vérifier si elles ne sont pas trop enflées.

La cité phocéenne

C'est Paul Valéry, je crois, qui disait : « Il vaut mieux écrire trois fois Paris, qu'une fois la Ville lumière. » Message mal reçu par les écoles de journalisme qui professent plutôt le contraire, d'où cette floraison anarchique de périphrases devenues lieux communs. Victor Hugo voyait dans ce « parler de façon détournée » un héritage de la préciosité des romantiques, ce qui lui faisait écrire dans *Les Contemplations* : « J'ai de la périphrase écrasé les spirales. » Mais, à l'époque, il n'imaginait pas que cette figure de style allait faire un retour fracassant sur la scène médiatique grâce aux efforts conjugués de l'agence Havas et de Gilbert Trigano, inventeurs de la périphrase touristique. Il faut avoir connu une nuit d'amour dans la Cité des Doges, un breakfast dans la perfide Albion, un coucher de soleil au cœur de l'empire du Soleil-Levant, un plastiquage sur l'île de Beauté (à ne pas confondre avec l'empire du Milieu) pour goûter en toute connaissance de cause une victoire de l'OM dans *la cité phocéenne.*

La fuite des cerveaux

Il y a quelque chose qui ne va pas : d'un côté, on n'arrête pas de nous vanter les nouvelles technologies, et de l'autre, des millions d'êtres humains ne mangent pas à leur faim. Je crois savoir où est le problème : c'est à cause des cerveaux qui fuient comme de vulgaires stylos. La matière qui s'en échappe serait de couleur grise ; ceux qui en laissent s'écouler le plus sont également ceux qui en ont été le plus gavés – un peu comme les oies, mais par l'oreille... Quel gâchis ! Je plaisante mais je ne suis pas très loin de la vérité, car ces cerveaux qui fuient à l'étranger, vous l'avez compris, ont été gavés aux frais du contribuable, c'est-à-dire vous et moi. À leur décharge, ces universitaires et chercheurs quittent la France parce qu'ils ont trouvé ailleurs de meilleures rémunérations. J'ai cru comprendre aussi que le gouvernement français faisait tout pour les récupérer en espérant que nos professeurs Nimbus n'aient pas été victimes de lavage de cerveau en dehors de nos frontières. De toute façon, comme disait de Gaulle, il est facile de chercher des chercheurs qui cherchent mais il est plus difficile de trouver des chercheurs qui trouvent.

AOB = 90°, OB = OA/4, OBC = 1/4 OBA, CBD = 45°

La langue de bois

Mais comment faisait-on avant *la langue de bois* pour stigmatiser les mensonges que les hommes politiques emploient à longueur de discours ? Cette formule nous vient des anciens pays communistes pour dénoncer la « sovietlangue », cette phraséologie lénifiante destinée à propager l'idéologie totalitaire marxiste, si je puis me permettre ce pléonasme. Les Chinois parlent de « langue de plomb », peut-être par allusion à la balle dans la nuque qui est offerte aux opposants trop virulents. Les Allemands ont traduit l'expression russe « langue de forêt » par « langue de béton », fort évocatrice du poids de la manipulation mentale que ce novlangue, pour reprendre le terme créé par Orwell, impose à ceux qui sont obligés de l'écouter. *La langue de bois* s'oppose au parler vrai. Ils sont de moins en moins nombreux, ceux qui ont le courage de dire la vérité – tel Churchill annonçant « du sang, de la peine, des larmes et de la sueur » au peuple anglais en guerre. Et, en dehors de la politique où *la langue de bois* fait tellement partie du paysage que l'on se croirait perdu en pleine forêt, que dire des technocrates et de leur jargon qui appuient leur pouvoir sur un langage abscons ? *La langue de bois* s'est aussi répandue très insidieusement chez les critiques de tout poil. Qui oserait coucher noir sur blanc que tel écrivain écrit des livres illisio es ? Qui ? Pas même moi !

La morosité ambiante

Face à la *morosité ambiante*, ce n'est plus le joueur de mots qui vous parle mais le latiniste distingué. Ce qui est ambiant est partout, l'origine du mot (*ambi*, « de part et d'autre ») en témoigne. On est cernés par l'ambiant. Inutile de parler d'environnement ambiant, ce serait encore une redondance. Vous aurez remarqué que l'adjectif « ambiant » qualifie surtout les situations désagréables. L'amour est rarement ambiant, la morosité toujours. Mais pourquoi saluer uniquement ce qui ne va pas ? Pourquoi « Bonjour tristesse » et « Bonjour l'ambiance ! » ? Parfois l'ambiance est irrespirable parce que « l'air ambiant » est trop pollué. Surtout, il sent le pléonasme car l'air qui nous entoure est forcément ambiant et tant qu'on ne manque pas d'air on est vivants. Connaissez-vous des solutions pour améliorer l'ambiance ? Je n'en vois pas, à part les thermostats d'ambiance, difficiles à régler. On attend l'alchimiste qui transformera le marasme ambiant en liesse collective. Et cette *morosité ambiante*, avec sa gueule d'atmosphère, je ne veux plus en parler. La morosité, c'est comme la mélancolie sur laquelle Léo Ferré mettait de la poésie : « C'est un désespoir qu'a pas les moyens. » À cause d'elle, on n'arrive plus à chanter l'hymne à la joie du bonheur d'être heureux...

La panacée universelle

Glissez, à brûle-pourpoint, le mot « panacée » dans la conversation. Votre interlocuteur risque de prendre un air éperdu. L'œil vague, le front plissé, il hésite : mal au doigt ? Non, c'est un panaris. Un légume remis à la mode par les bobos bio ? C'est le panais ! Notre homme est en panne, il est dans la panade, prêt à avouer son ignorance. Bon prince, vous ajoutez « universelle », *panacée universelle*. Son œil se rallume, son visage s'illumine : mais c'est bien sûr ! Le remède miracle qui guérit tout, des cors aux pieds jusqu'au panaris justement, qui vous sort un gouvernement de la crise mondiale et de la panade, et qui vous fait même aimer le panais, malgré son goût de navet pas frais. La panacée est une grande fille qui existe par elle-même. Elle n'a nullement besoin du renfort de l'adjectif « universelle » pour désigner le remède qui résout *tous* les problèmes, avec son *pan* (le « tout » en grec). De même que le panthéon accueille l'ensemble des dieux, et accessoirement Mitterrand, la panacée est une plante imaginaire, sortie de l'imagination fertile des anciens Grecs afin de soigner tous nos maux. Mais apparemment elle n'a pas réussi à guérir notre pléonasmique chronique.

La vindicte populaire

Quand on ne fait rien comme tout le monde, on s'expose à *la vindicte populaire*, et, comme chantait Brassens, « les braves gens n'aiment pas que l'on suive une autre route qu'eux ». « Vindicte » vient du latin *vindicare* (venger). « Vendetta » aussi. Alors que la vengeance est un plat qui se mange froid mais seul, la vindicte se joue à plusieurs et à chaud. Elle n'est pas populaire pour rien... Elle se fout de la Loi et se fait justice elle-même. Au nom du peuple, paraît-il.

Méfions-nous, car si nous ne suivons pas les chemins qui mènent à Rome, nous risquons d'être rattrapés par *la vindicte populaire* et de n'avoir de choix qu'entre le lynchage, la boule à zéro, telle que la subissaient les femmes à la Libération, la déportation, la mutilation, la décapitation, l'immolation, la flagellation, la crucifixion... Ces règlements de comptes fomentés par le peuple sont redoutables, surtout lorsqu'il y a erreur sur la personne : c'est au nom de la *vox populi* que des innocents sont massacrés, emprisonnés... et que Barabbas a été libéré. Ça donne des frissons.

Alors, même si nous aimons le son du cor le soir au fond des bois, ne jouons pas les biches aux abois. Fuyons les « Taïaut ! », les « Hallali ! », les « Haro sur le baudet ! ». Restons en rangs, bien-pensants, bons citoyens, bons époux, bons pères, et laissons la vindicte se populariser sans nous.

La vitesse de croisière

Luxe, calme et volupté, et nous voilà en train de rêver... Le paquebot avance majestueusement, sans roulis ni tangage. Il fend les vagues, indifférent au déchaînement des éléments. Par extension, si je puis dire, la *vitesse de croisière* symbolise la vitesse moyenne de tout type de véhicule, la plus rentable pour son utilisateur. Fin du rêve, nous sommes loin de l'image de luxe évoquée par le terme « croisière ». Il faut vivre avec une époque, où les rudes lois de l'économie nous mènent par le bout du nez. Loin des paquebots, la *vitesse de croisière* fait allusion maintenant au rythme normal d'activité que toute entreprise souhaite garder après une période douloureuse de mise en route. Clin d'œil à notre navire qui a dû recourir aux services d'un remorqueur pour sortir du port, et au démarrage de ses puissantes hélices qui a provoqué quelques vrombissements désagréables avant de retrouver sa régularité. Ainsi la diplomatie franco-allemande a trouvé sa *vitesse de croisière* après quelques turbulences. Moi, je préfère ne pas atteindre ma *vitesse de croisière*. Tel Rimbaud, je préfère que « ma quille éclate ». À condition que ce ne soit pas à la suite d'une explosion causée par un missile... de croisière.

Un large débat

Dès qu'une institution lance l'idée d'un débat, on se croit obligé de préciser aussitôt que ce sera *un large débat* : public, populaire, démocratique pour montrer à quel point on ne lésine pas sur la largesse d'esprit, ouvert au bon peuple qu'il faut flatter, c'est bien connu, dans le sens du poil. Et si l'on engageait un débat étroit ? Aurait-il un sens ? Évidemment non. Voici encore une fois un exemple de redondance, de bégaiement de la pensée qui augure mal de la bonne tenue du débat en question. Pour rassurer l'auditeur, on promet, juré, craché, que le débat sera placé dans un large espace d'échanges, qu'il sera plus approfondi, sans tabous, sans frontière intellectuelle ou physique, et qu'il y aura une très large participation au débat… À force d'élargir les pistes du débat, qui devient national, européen et même, pour rester dans le vent, mondial, on risque de tomber dans l'ornière du lieu commun ou, pire, de se perdre autour d'une table ronde si large qu'on ne sait plus de quoi on va débattre tant les divers protagonistes ont du mal à s'entendre. La cacophonie n'a jamais si bien porté son nom.

Le nerf de la guerre

Le fameux proverbe « L'argent est *le nerf de la guerre* » ne date pas d'aujourd'hui. Madame de Sévigné en parlait dans une de ses *Lettres* et Louis XIV avait dû interrompre la construction de quelques navires de guerre faute, de *nerf de la guerre*, à savoir, d'argent. Ce nerf n'est pas seulement un des éléments indispensables de notre anatomie, il est surtout associé à la vigueur, à la force. Et quelle est la base de la force de l'homme moderne ? Le fric, le flouse, le grisbi, la fraîche, et ce depuis que la monnaie existe. Si l'on n'a pas de sous et qu'on veut tout de même vaincre son adversaire, on peut assécher les ressources de l'ennemi en lui imposant un embargo, ou lui saper le moral grâce à de fausses nouvelles. C'est un excellent moyen de remporter la guerre des nerfs, de déclencher des crises de nerfs ou de lui mettre les nerfs en pelote. *Le nerf de la guerre*, lui, s'est généralisé. Il est devenu le rouage essentiel pour réussir. Le dopage est souvent *le nerf de la guerre* de sportifs mous du jarret et dégoter les bonnes infos avant les autres est *le nerf de la guerre* des journalistes avides de scoops. Ta chronique manque de nerf, coco. Du sexe, du sang, le voilà *le nerf de la guerre* !

Le fer de lance

Si le « cheval de bataille », autre référence à des habitudes guerrières d'un lointain Moyen Âge, s'est complètement dématérialisé au cours des siècles au point de n'être plus qu'un dada, le *fer de lance*, cette pointe triangulaire fixée à l'extrémité d'une hampe, qui avait disparu en même temps que les tournois, a resurgi quatre cents ans plus tard dans l'imagination fleurie de généraux, sous la forme d'un corps d'élite placé en tête d'un dispositif militaire. Même si le *fer de lance* a quelque peu oublié ses origines martiales, il garde un arrière-goût de lutte et de compétition féroces qui sied à notre époque capitaliste. Le *fer de lance* est devenu un dispositif face à un adversaire économique, politique ou idéologique. Les McDo sont le *fer de lance* de l'impérialisme américain. Zidane fut le *fer de lance* de l'équipe de foot victorieuse en 1998 et le fromage français au lait cru est le *fer de lance* de la communication à l'export des métiers de bouche... Bref, c'est une image plus pacifique que le « missile », adoucie par le souvenir du sympathique Ivanhoé, mais attention ! le *fer de lance* rouille facilement, comme la fameuse Dame de fer qui souffre d'Alzheimer...

Le haut du pavé

Nos villes ont bien changé depuis le Moyen Âge. Si Martin Guerre revenait... il n'en reviendrait pas. Il ne saurait plus où il habite, malgré quelques maisons à colombages en Basse-Normandie et l'enseigne en fer forgé de l'hôtel des Templiers. Quant aux pavés de notre jeunesse, ils ont presque tous disparu en 1968 après l'érection des barricades. Au Moyen Âge, les rues étaient tordues et flanquées d'une rigole centrale pour recueillir les eaux de pluie et les vidanges peu ragoûtantes. Il était obligatoire de longer les façades, et lorsque l'on se croisait, la personne de rang plus élevé restait au sec, elle tenait *le haut du pavé*, et l'autre n'avait plus qu'à marcher dans le cloaque central. Circulez, y a rien à voir... mais bonjour l'odeur ! Maintenant, les rues de nos cités sont à peu près rectilignes et bordées de trottoirs pour faciliter les marches silencieuses et les défilés de protestations bruyantes. Ce *haut du pavé* réservé aux gens de la haute, on ne sait plus très bien où il se situe, et bien malin celui qui s'y retrouvera parmi ces beaufs, ces bourges et ces pipoles qui courent de Gstaad à Saint-Tropez. Je ne voudrais pas jeter un pavé dans la mare mais ils devraient se méfier des chaussées glissantes pour ne pas se retrouver à leur tour sur le pavé.

Le revers de la médaille

Dès la Renaissance, on savait que le beau appelle le laid et que tout yin a son yang, comme en témoigne un proverbe du XVe siècle : « Toute médaille a son revers. » Preuve que les gens savaient déjà que les temps heureux ne duraient pas, et que ça ne servait déjà à rien de travailler plus pour gagner plus...

J'ai bien peur qu'aujourd'hui on ne sache plus regarder une médaille du bon côté. On n'en voit que le revers. À qui la faute ? Ce ne sont pourtant pas les médailles qui manquent, entre les médailles du bonheur, du mérite, du travail... Ce qui nous console, c'est de savoir que *le revers de la médaille* est pour tout le monde : chaque fois qu'un ministre invente une réforme aussitôt abandonnée, il essuie un revers. L'essuie-t-il alors d'un revers de la main ? Si tel est le cas, nous sommes dirigés par des champions de tennis spécialistes des revers liftés.

Et si le vent tournait ? Un *revers de médaille* pourrait-il se remettre à l'endroit ? J'ai trouvé la réponse chez Bhartṛhari, merveilleux poète de l'Inde ancienne : « Tout revers a sa médaille » ! Voilà qui justifierait une distribution de lots de consolation sous forme de médailles en chocolat parce que pour elles, au moins, le revers vaut l'endroit.

L'immense majorité

Tous ceux qui ont besoin du suffrage du peuple ou de ses représentants rêvent d'obtenir la majorité. Ils souhaitent même être portés par l'*immense majorité.* Il ne reste plus pour les autres qu'à se partager une faible minorité, et cela illustre le principe des vases communicants : plus il y a de « pour », moins il y a de « contre ». Le problème vient du fait que la majorité est à géométrie variable. Ceux qui en faisaient partie se retrouvent parfois exclus par la minorité dominante censée représenter la majorité. Poignée d'individus qui suivent leurs propres objectifs en évitant de trop perturber la majorité devenue... silencieuse. Mais cette majorité silencieuse, comment sait-on qu'elle existe si elle ne fait pas de bruit ? Pour Raymond Devos : « Quand un homme ne dit rien alors que tout le monde parle, on n'entend plus que lui ! » C'est toujours la même chose lorsqu'une majorité veut nous faire avaler une pilule, il y a toujours une minorité grandissante qui a du mal à la digérer. Ce phénomène de rejet peut entraîner des effets secondaires : la majorité pourrait devenir de plus en plus faible, et la minorité de plus en plus... immense. Raisonnement par l'absurde, qui déroutera l'*immense majorité* d'entre vous.

Le spectre du chômage

« Comparaison n'est pas raison » dit le proverbe et le voici une fois de plus démontré. Pour rester dans la métaphore photographique, voilà un cliché raté, sans doute développé par un photographe amateur. Pourtant, je connais des chefs de gouvernement qui donneraient volontiers leur voiture de fonction pour transformer le chômage en « spectre ». Souvenez-vous du spectre du Commandeur : « Spectre, fantôme, ou diable, je veux voir ce que c'est. » Réponse de Giraudoux à Molière : « Et comment ont-ils vu le spectre ? » Tout est dit et vous l'avez compris : comment voulez-vous combattre un spectre ? Il est par définition invisible et invincible. Et en plus, si l'on en croit nos journaux, « il se profile ». Difficile déjà d'obtenir un cliché de spectre, mais si en plus il se profile ! On dira que je suis de mauvaise foi car *le spectre du chômage* est brandi comme une menace, un épouvantail. Certes, mais quand va-t-on enfin appeler un chat un chat ? Sus aux calamités qui avancent masquées : spectre de la récession, de la pandémie et de l'islamisation. Si l'on découvrait en plus que la Vierge apparue à Bernadette n'était qu'un spectre, bonjour le chômage à Lourdes !

Marquer d'une pierre blanche

La pierre blanche qui empêchait les souvenirs de s'envoler n'est plus qu'un vulgaire caillou, mais les tics langagiers ont la vie dure... Il y eut une époque où l'on *marquait d'une pierre blanche* une date ou un événement agréable. Sous l'Empire, il fallait mettre la main dans le sac et celui qui tirait un caillou noir allait au front. Le veinard qui, lui, tirait un caillou blanc avait la vie sauve. Aujourd'hui on ne tire plus à la courte paille pour savoir qui-qui-qui sera tué. Alors cette histoire du petit soldat et du petit caillou, on ne sait plus très bien qu'en faire. Pour les prédictions, on va voir madame Irma. La coutume juive interdit les fleurs sur une tombe parce que les fleurs c'est périssable, mais on dépose un caillou blanc en souvenir de notre passage. Pierres et cailloux jouaient donc le rôle de pense-bêtes. Si les pierres étaient un remède contre la mémoire qui flanche, on apprendrait aux personnes âgées à casser des cailloux. Les pauvres, ce serait le bagne... Alors laissons les pierres au bord du chemin et contentons-nous du calendrier des PTT, du BlackBerry, voire de notre journal intime. Même si comme Baudelaire vous avez plus de souvenirs que « si vous aviez mille ans », envoyez les pierres à la casse et téléchargez iPhoto. Au moins vous ne déformerez pas vos poches.

Mettre la pédale douce

Encore et toujours, faire mine de ne pas trop appuyer. Sans pour autant se dédire. Les métaphores sportives ont décidément la cote. Je dirais même la côte, puisque nous voici dans le registre cycliste. Avant, on la mettait en veilleuse, peut-être même qu'on y réfléchissait à deux fois. Désormais, on *met la pédale douce*. Le côté sportif de la pédale, associé à la douceur. Rendez-vous compte : la brutalité du corps rejoint la finesse de l'esprit ! Que demande le peuple ? Dès lors, tout le monde se met à cette discipline du pédalage en douceur, dont, incidemment, je me demande ce qu'elle pourrait bien donner sur le parcours du Tour de France. Les socialistes *mettent la pédale douce* sur leurs attaques envers l'UMP, le syndic de mon immeuble sur l'urgence de la réfection des ascenseurs et le FN sur l'immigration... En somme, main de fer sur pédale de velours. Mais on ne se sert pas de ses mains pour appuyer sur une pédale, sauf peut-être au cirque. Et puis, des pédales, tout vélo qui se respecte en comporte deux, et tant qu'on ne mettra pas *les* pédales douces, je n'en croirai rien. Car il y a une autre pédale, la dure. Celle-là, on n'en parle jamais. Mais c'est fou comme elle est active ! Et parfois à l'insu de votre plein gré !

Monter au créneau

Comme nous avons un gouvernement combatif, les ministres *montent au créneau* pour persuader le bon peuple du bien-fondé de ses décisions. Ils s'engagent personnellement et risquent même leur vie, à l'instar d'une courageuse ministre de la Santé qui fut l'une des premières à se faire vacciner contre la grippe A/H1N1. Cette métaphore guerrière, une de plus, remonte évidemment au Moyen Âge, quand les assaillants d'un château fort grimpaient sur de frêles échelles jusqu'au sommet des remparts pour affronter des défenseurs à l'abri derrière les créneaux. Entre nous, il fallait un sacré courage pour monter à ces créneaux-là, alors que maintenant il ne s'agit que d'affrontements verbaux voire verbeux. Certes, le ton peut monter, chacun rend coup pour coup, on assaille l'adversaire de questions qui font mouche, on sort la grosse artillerie, on pousse l'ennemi dans ses derniers retranchements… Et ça a quand même plus de gueule que de « descendre dans l'arène », même si le sens est identique. Cette expression véhicule une image moins conquérante que *monter au créneau*, avec ce mouvement ascendant bien plus efficace en terme de communication, foi de fils de pub ! D'autant que notre monde s'est déchristianisé et que le martyr livré aux lions n'a plus la cote. Les fauves préfèrent, paraît-il, les quartiers de bœuf…

Une pagaille monstre

« Monstre » est un adjectif qui peut traduire une quantité excessive. Une affluence monstre au Salon de l'agriculture nous fait comprendre qu'il y a plus de visiteurs que de bêtes à cornes. Et lors de la bénédiction *urbi et orbi* place Saint-Pierre, il y a toujours une sacrée (Dieu merci !) foule monstre.

Si la *pagaille monstre* fait peur, c'est parce qu'elle mobilise beaucoup de monde. C'est elle qui engorge les autoroutes lors des migrations estivales et qui asphyxie les quais de gare pendant les grèves des transports. La pagaille, c'est comme le cafouillage, ça fait désordre, et quand elle est monstre, elle devient ce que de Gaulle appelait la chienlit. Entre nous, seuls les grands peuvent se permettre ce vocabulaire. Nous, on parle de chaos. Quant au coupable, il a été identifié. Il s'agit d'un papillon, sphinx ou bombyx, dont le simple battement d'ailes est capable de déclencher un effet monstre. D'après la théorie du chaos, c'est l'effet papillon qui est responsable des plus grands désordres. Tout proviendrait du frémissement d'un lépidoptère et non du dérapage des hommes. Depuis on est tous devenus Shadoks : on cherche un antidote à cet effet papillon... qui changerait les cris en chuchotements, et la *pagaille monstre* en bal populaire. Un boulot monstre en perspective.

Un panorama complet

Un panorama, c'est un « vaste paysage que l'on peut contempler de tous côtés », dixit Robert Ier, roi de la définition. Alors, pourquoi ajouter ce « complet » des plus superfétatoires ? Parce que encore et toujours notre époque ne peut s'empêcher d'en rajouter une couche, au cas où certains n'auraient pas bien compris. D'ailleurs, au fil des expressions dont je dresse dans ce petit ouvrage *un panorama complet*, j'en arrive à la conclusion qu'on croit décidément les gens trop bêtes pour comprendre, d'où le besoin de nos élites de tout poil de mettre les points sur les *i*. Un tout bête panorama, ça a quelque chose d'étriqué, alors qu'*un panorama complet*... ça vous pose, genre revendications sociales, dégâts causés par le réchauffement climatique, ou actifs et passifs d'une société au moment du bilan de fin d'année, sans oublier ses perspectives pour l'année suivante. D'ailleurs, dresser *un panorama complet* de ce qui n'existe pas encore montre bien qu'on n'arrête pas le progrès. À croire qu'au pays des panoramistes les myopes sont rois. Un comble !

Par monts et par vaux

Voilà une image assez bien adaptée à la topographie de notre douce France même si dans le Marais poitevin cette histoire de creux et de bosses tombe à plat.

Commençons par les vaux. Heureusement, chez nous, pas de vallées de la mort apocalyptiques. Nos vallées ne sont pas noires, Dieu merci, mais plutôt blanches, ou vertes, et nos montagnes ne sont pas russes mais grosses comme des... montagnes. Certaines arrivent à accoucher d'une souris même si ce sont des montagnes à vaches. Poètes, randonneurs et grimpeurs s'accordent pour chanter « que la montagne est belle ! ». La montagne est la demeure des dieux, surtout le « mont-de-piété ». Pour y monter, on peut utiliser un remonte-pente et il suffit ensuite de descendre de la montagne à cheval. Trêve de plaisanteries, ces errances du mont au val, du sommet au trou, décrivent une quête. Celui qui va *par monts et par vaux* est un vadrouilleur, et si c'est un soldat, jeune, bouche ouverte, tête nue, c'est dans un val qu'il choisit de dormir, à moins qu'il ne préfère se faire hospitaliser au Val-de-Grâce...

Désolé, je m'aperçois que cette rubrique va à vau-l'eau. N'empêche que les habitants du plat pays ne savent pas ce qu'ils manquent.

Placer la barre très haut

Soyons clairs : une barre n'est pas un portique, et si on la place très haut, ce n'est pas pour passer dessous mais pour sauter par-dessus. Un grammairien de mes amis m'a confirmé que, même si cette barre est haute, on ne la place pas *haute* mais *haut*, à l'aide d'un adverbe invariable (on dit bien « Haut les mains ! » et « Haut les cœurs ! »). Une barre haut placée permet aux pros du roulé ventral de s'envoyer en l'air, pendant que les spécialistes du *farniente* passent dessous : sans doute parce qu'ils redoutent le coup de barre.

Cette barre de tous les exploits, je la laisse aux casse-cou qui confondent *Fort Boyard* et les podiums des J.O. Et j'aimerais que nos dirigeants nous en dispensent, car tous les risques qu'ils font semblant de prendre pour eux, c'est en fait à nous qu'ils les imposent. Ils ne mouillent jamais le maillot et restent sur la touche. Ils *placent la barre très haut* et ajoutent même le saut d'obstacles à l'épreuve. Ils savent nous faire chanter « We are the champions » et tous les sans-médaille sont prêts à sauter... Il y a peut-être un champion qui sommeille en moi et je ne veux pas le réveiller : je suis de ceux qui pour voyager loin ménagent leur monture et je fais volontiers mienne la devise de Winston Churchill : « *No sport.* »

Prendre en otage

Encore une expression guerrière... Il est vrai que les journalistes adorent « les métaphores à moustache », pour reprendre la remarque amusée de Baudelaire. Monter au créneau ou cheval de bataille en sont des exemples criants. Mais le pire, c'est cette prise d'otages qui a entraîné des glissements de sens dangereux quand les politiques accusent les syndicats de la SNCF de *prendre en otage* les voyageurs qui du fait même se transforment aussi sec en « usagers » ! Lutte entre deux camps, d'accord, mais certainement pas lutte des classes, formule devenue taboue même au parti communiste. Nous ne sommes plus à l'époque lointaine où la prise d'otages était un usage militaire courant et rien à voir, heureusement, avec les pilleurs de banque qui protègent leur fuite en prenant des otages. Dire alors que les cheminots *prennent en otage* les usagers, c'est les assimiler aux malfrats de tout poil et criminaliser le droit de grève. Est-ce que les médias ne prennent pas à leur tour leur public-usager en otage quand ils emploient ce type d'expression détournée de son sens premier ou, pire, quand ils ne cessent de nous bassiner avec ces reportages récurrents pour nous rappeler qu'on fait des crêpes à la Chandeleur, des œufs en chocolat à Pâques, qu'il faut offrir des chrysanthèmes à la Toussaint et du muguet pour le premier mai ?

Redorer son blason

Sous l'Ancien Régime, *redorer son blason* s'appliquait exclusivement aux gentilshommes fauchés détenteurs d'un blason (apanage de la seule noblesse), qui épousaient une riche héritière issue de la vulgaire bourgeoisie afin de renflouer leur fortune évaporée. La dot considérable de la mariée permettait de payer les dettes de jeu ou un train de vie dispendieux, et la nouvelle marquise pouvait arborer fièrement sur son carrosse l'écu armorié de son époux. Mais qui se soucie maintenant de cette marque de distinction ? Le poids de l'aristocratie a quasiment disparu, n'en déplaise à quelques fossiles vivant dans un passé révolu, alors même que l'expression *redorer son blason* connaît un joli succès, avec le sens élargi de « retrouver son prestige, restaurer son image, se refaire une réputation ternie ». N'importe quel pékin peut *redorer son blason*, les journalistes, les hommes politiques, les amateurs de rutabagas et de salsifis, les pipoles et les concierges de pipoles. Il suffit d'avoir chuté dans les sondages, d'avoir été boudé dans les magazines ou dans les assiettes, puis de s'être refait une virginité en passant plus souvent à la télé. Les gens ont si peu de mémoire... Ils aiment tellement qu'on leur dore la pilule !

La cerise sur le gâteau

Méfions-nous des expressions usées et abusées qui à force d'être utilisées à tort et à travers perdent leur fraîcheur. Gérard de Nerval écrivait : « Le premier qui compara la femme à une rose était un poète ; le second était un imbécile. » Bien vu ! Sans vouloir ramener ma fraise, cette métaphore pâtissière – un superbe gâteau sur lequel trône une belle cerise d'un rouge vif – n'est plus de mise. Quand le fruit était encore à peine mûr et qu'on le posait sur le gâteau, on désignait là le petit détail qui change tout, le zeste de superflu pour se faire plaisir. Et voilà que ce fruit rond, lisse et charnu, montmorency, napoléon ou burlat, se la joue désormais « guigne ». La guigne, ce peut être à la fois une petite cerise genre griotte et, ironie du sort, « la mauvaise chance qui semble s'attacher à quelqu'un ». Comme quoi, les coïncidences sémantiques sont parfois étonnantes. *La cerise sur le gâteau*, maintenant c'est presque la scoumoune ! Dur à avaler !

Remettre les pendules à l'heure

Le pendule qui capte les vibrations au lieu de donner l'heure, je le laisse au sourcier. Parlons plutôt de *la* pendule, marqueur du temps. Au Moyen Âge elle a remplacé le sablier. Et c'étaient les moines qui *remettaient les pendules à l'heure* pour qu'elles réveillent frère Jacques au bon moment.

Aujourd'hui, cette opération de remise à l'heure a pris un autre sens. À la veille de grandes manœuvres, on commence toujours par *remettre les pendules à l'heure.* Qu'il s'agisse d'un putsch militaire ou d'un match de Coupe du monde de foot, le grand horloger réunit ses troupes : plutôt que d'interroger l'horloge parlante, il redéfinit le rôle de chacun. Il récapitule. Ceux qui ne savent plus parler français diront qu'il « briefe ». Quand la dérive guette, il impose le calme… et tout le monde repart sur de bonnes bases. En cas de faux départ, on recommence. En bref, on *remet les pendules à l'heure* pour éviter de chercher midi à quatorze heures.

Je n'ai ni pendule ni coucou, seulement une montre à quartz. Je ne remonte jamais ma montre, mais je me méfie car il arrive qu'elle me donne l'heure d'hiver en été. Et quand je m'offre un long voyage, elle aussi souffre du *jet lag*. Heureusement, j'ai un cadran solaire, qui me permet de voir midi à ma porte, comme tout un chacun.

Les sentiers battus

Il y a, semble-t-il, de plus en plus de *sentiers battus* dans le paysage médiatique français et les journalistes obsédés par la quête du scoop ne prennent pas le temps de sortir de l'ornière des lieux communs. Expliquons-nous : les sentiers qui serpentent joliment dans les campagnes ont leur sol tassé, durci, battu, lorsqu'ils sont empruntés par la foule qui les piétine à longueur de journée. Ces chemins deviennent parfaitement balisés, on sait exactement où l'on va, on suit *les sentiers battus*, on agit comme le troupeau de Panurge. Les lieux communs avancent en colonnes serrées, battant la terre de leurs gros sabots. Pourtant, ils sont nombreux ceux qui prétendent vouloir sortir des *sentiers battus*. Pour ces audacieux, les agences de voyages proposent des circuits inédits, les cuisiniers, des saveurs nouvelles, les constructeurs, des voitures hors norme, les éditeurs, des livres rares. Mais bien peu ont le courage de se lancer seuls et de plonger, comme Baudelaire, « au fond de l'Inconnu pour trouver du *nouveau* ». Il est si rassurant de se laisser bercer par la routine, de retrouver dans son émission de télé formatée son animateur préféré qui ne change pas ses blagues d'un iota, ou dans son journal favori ses mots croisés ou ses sudokus. Ce n'est pas demain que les autoroutes de l'information vont sortir des *sentiers battus*.

Sine die

Ce qu'on reporte *sine die* ne fait mention d'aucune date, c'est la condition *sine qua non* de ce latinisme. Et il sonne plus érudit que « la saint-glinglin ». Alors, quand la conjoncture est morose et que les mesures gouvernementales prennent des allures de menaces, quel soulagement lorsqu'elles sont reportées *sine die*. Mais si au lieu de *loquare latinum* on parlait français ?

« C'est pas demain la veille » désigne une date tellement indéfinie qu'elle n'existe pas. « Quand les poules auront des dents » décrit une situation absurde qui n'est pas près d'arriver, sauf à envisager une irradiation tchernobylienne qui ferait rire les vaches, pêcher les chats et boiter les canards. On peut aussi tout bêtement remettre une décision à une date ultérieure, en ajoutant « le plus tard sera le mieux ». Bref, vous savez comme moi que quand faut y aller, faut y aller. Alors, ne remettez pas à demain ce que vous pouvez faire la veille ! Et gardez vos fausses promesses pour cet intrus que vous chasserez d'un « à un de ces quatre ! », qui ne veut rien dire, pas plus que « la semaine des quatre jeudis ». En tout cas, je ne vous retiens pas...

S'inscrire dans la durée

Nous vivons une époque où l'inscription devient une règle de vie. On peut non seulement s'inscrire en faux mais aussi dans la durée. Vous me direz que les deux n'ont rien d'incompatible et au bout de la durée, quelle qu'elle soit, il y a la faux de la grande dame en noir. Il n'empêche : quand on s'inscrit, c'est forcément pour une certaine durée, qu'il s'agisse d'une inscription sur les listes électorales, au registre du commerce, au Cercle des amis de la pétanque de Palavas-les-Flots, voire au registre des décès ; et, dans ce dernier cas, on en prend carrément pour perpète, n'en déplaise aux adeptes de la réincarnation. Je vais finir par croire que si tellement de gens soulignent qu'ils *s'inscrivent dans la durée*, c'est pour réagir face à tous ceux qui le font... à l'encre sympathique. Bref, inscription dans la durée contre « speed dating ». L'ennui, c'est qu'au final ça donne la même chose. J'en arriverais à préconiser la création d'un Institut de la durée auquel un architecte audacieux donnerait la forme d'un sablier et où pourraient s'inscrire les recalés de la Star Ac'... ou les membres du gouvernement !

Le splendide isolement

Cette traduction littérale de l'anglais *splendid isolation*, qui évoque la politique étrangère de l'Angleterre au XIXe siècle, explique à la fois la place inhabituelle de l'adjectif « splendide » qui est antéposé (joli mot, n'est-il pas ?) et son sens figuré, très éloigné de ce qu'il signifie habituellement, à savoir magnifique ou somptueux. Ici, *splendide isolement* traduit la gloire hautaine de l'Angleterre triomphante du XIXe siècle, qui dépassa en puissance tous les autres pays sans jamais avoir besoin de s'appuyer sur une alliance quelconque. *Splendide isolement* pourrait avoir une connotation flatteuse, sauf que la grandeur de l'Angleterre victorienne se fit au détriment de ses colonies qu'elle pilla sans aucun scrupule pendant des décennies. Pas de quoi se retrancher dans un *splendide isolement*, qui de glorieux devient simplement farouche, hautain, plein de morgue. Peu d'hommes ou de femmes politiques ont réussi, comme de Gaulle, à sortir victorieusement de leur *splendide isolement*. Et il suffit de regarder l'état actuel de « la perfide Albion » pour comprendre qu'il est illusoire de célébrer à tort et à travers *le splendide isolement*. En revanche, je vous recommande « l'isolement splendide » sur une île du Pacifique, beaucoup plus reposant à condition d'être le plus éloigné possible de Mururoa.

Sur la sellette

Avis aux amoureux de miniatures : une sellette n'est pas une petite selle, pas plus qu'un chevalet n'est un petit cheval. La sellette est le socle qu'utilise le sculpteur pour y poser son bloc d'argile. Dans la Genèse, on dit que Dieu devait en avoir une pour éviter de se baisser pour façonner Adam.

De grand format, elle devient piédestal ou socle. C'est grâce à elle que la statue de la Liberté peut éclairer le monde. La sellette est à la statue de Bartholdi ce que le podium est au vainqueur du Paris-Roubaix : elle permet d'être vu. Idem pour l'estrade qui faisait trébucher nos profs ou la chaire d'où le curé nous exhortait à ne plus pécher.

Au Moyen Âge, on installait les accusés sur une sellette qui les mettait en position d'infériorité face aux juges. Des sellettes, il y en a pour tout le monde, pour *Le Penseur* de Rodin comme pour nos ministres. Mais on n'en fait pas le même usage : voilà qu'on chipote avec les articles, car on est bien vu sur *une* sellette, mais mal vu *sur la sellette*.

La sellette-faire-valoir ne nous concerne pas ; c'est celle qui sert à mettre les potiches en valeur. Parlons plutôt de la sellette-procès : on met un individu *sur la sellette* pour l'exposer à la critique, tout comme le pauvre manant moyenâgeux, et puisque vous voulez savoir ce que j'en pense, je trouve cette histoire de sellette plutôt bancale.

Des travaux pharaoniques

Le brouhaha médiatique est tel qu'il impose aux journalistes de crier plus fort que le voisin pour réussir à se faire entendre. Chacun s'efforce de trouver un qualificatif plus énorme, plus outrancier, plus mirobolant, plus gigantesque, colossal, démesuré, titanesque, herculéen, que sais-je encore ? Et c'est ainsi sans doute que s'est imposé l'adjectif « pharaonique » dès qu'il s'agit de travaux d'envergure. Pourtant *pharaonique* n'est qu'un simple terme historique « qui se rapporte à l'époque des pharaons ». Mais la loi de l'enflure verbale l'a emporté sur la raison historique et *pharaonique* s'est trouvé lié à la construction du tramway de Lyon ou de l'Airbus A380, alors qu'il ne semble pas que ces projets aient nécessité le travail de tout un peuple pendant des décennies. Même les ouvrages gigantesques entrepris par l'État mégalomaniaque d'Abou Dhabi ne méritent pas le titre de *travaux pharaoniques*, et si Napoléon Bonaparte a pu dire, lors de la campagne d'Égypte, « Soldats, du haut de ces pyramides, quarante siècles vous contemplent », il n'est pas certain malgré leur proximité géographique que les gratte-ciel des Émirats arabes unis survivent aussi longtemps. Les mauvaises langues susurrent même que les fondations de l'île en forme de palmier dont les habitants sont si fiers commencent à s'effondrer doucement dans la mer Rouge...

Un tournant historique

Quoi de plus banal qu'*un tournant historique*? Comme l'histoire ne s'écrit pas de façon linéaire, il est normal qu'elle soit jalonnée de *tournants... historiques.* La ligne droite ne court pas les rues, elle n'existe que dans les cours de géométrie. Et le tournant, c'est ce qui nous empêche de nous endormir au volant, à condition de bien le négocier. Même un grand fleuve tranquille ne suit pas un parcours rectiligne, sauf si on le canalise. Mais trop de tournants nous rendent malades : chaque chronique d'une réforme annoncée-abandonnée-remplacée donne à notre histoire sociale des allures de serpentin. Tous ces tournants prétendument historiques sont autant de hoquets. Nous n'allons plus droit, nous sommes aussi ivres que le bateau dans lequel on nous a enfermés et qui tangue de bâbord à tribord sans trouver le port.

Cette oscillation d'*un tournant historique* à un autre me fait tituber, et puisque ces tournants tournent toujours dans le même sens, je pense au serpent qui se mord la queue tel l'Ouroboros emblématique de la Grèce antique. Et si, au lieu de vouloir changer le cours de l'histoire, on nous donnait une boussole? Cela nous permettrait de retrouver le nord que nous avons perdu. Et cette décision de bon sens mériterait l'appellation enfin contrôlée de *tournant historique...*

Table

DU MEME AUTEUR

La Théière de Chardin : jeux de noms
(en collaboration avec Gilbert de Goy, illustrations de Club)
Garnier, 1979

Agenda du V.I.P. (Very Important Person)
Garnier, 1981

Almaniaque de la France profonde
AMP Éditions, 1982

La Khomenie du pouvoir
Scorpio, 1982

Mon carnet secret F.M.
(illustrations de Michel Boucher)
Carrère, 1986

FDG, Le Guide du Futur Directeur Général
(en collaboration avec Marie Garagnoux, illustrations de Yan Nascimbene)
Hermé, 1986

Culture + : un livre-jeu pour tester vos connaissances
(en collaboration avec Marie Garagnoux et Patrick Michel Dansac)
Carrère, 1987

Les Meilleures Histoires de bonnes manières
et autres préceptes auxquels vous avez échappé !
Carrère, 1987

Sky ! my teacher : cours d'anglais très particulier
(illustrations de Clab)
Carrère, 1987, 1988

Culture + : préparez le bac en jouant
(en collaboration avec Marie Garagnoux et Patrick Michel Dansac)
Carrère, 1988

Almanach Hachette 1989
Hachette Pratique, 1988

Heaume sweet home
Dictionnaire illustré des homonymes franco-anglais
Harrap, 1989

Almanach Hachette 1990
Hachette Pratique, 1989

L'Agenda du Jet set
Le Cherche-Midi, 1990

Almanach Hachette 1991
Hachette Pratique, 1990

Édouard, ça m'interpelle !
Le français nouveau est arrivé
(en collaboration avec Pascale Leroy)
Belfond, 1991

Le Dictionnaire des mots qui n'existent pas
(en collaboration avec Nathalie Kristy, illustrations de Gilles Bachelet)
Hors Collection, 1992
et « Pocket », n° 4305

Un si gentil petit garçon
mémoires
Payot, 1992
et « Points », n° P1912

L'Anglais saugrenu
(dessins de Christine Géricot)
Payot, 1993
et « Points », n° P20

Sky Mr. Allgood ! Parlons français avec M. Toubon
Mille et Une Nuits, 1994

Quarante ans et après...
Le livre de ma vie
Hors Collection, 1994

Y a-t-il une courgette dans l'attaché-case ?
Comment parler anglais en parlant français
Belfond, 1994

Élysée, première année : cours élémentaire
Jean-Claude Lattès, 1995

Sky ! my friend : petit traité de la mésentente cordiale
(avec Mike Sadler, illustrations de Harvey Stevenson)
Robert Laffont, 1995

Victoria en son temps
(en collaboration avec Alain Beaulet)
Fontaine/Mango Jeunesse, 1996

Le Nouveau Guide du VIP (Very Important Prisonnier)
Archipel, 1996

J'apprends l'anglais avec la Reine
(dessins de Clab)
Payot, 1997
et « Le Livre de poche », n° 8197

Rien à foot
(illustrations de Cabu)
Mille et Une Nuits, 1998

La Femme du train
roman
Anne Carrière, 1998

Sky my husband ! 2 : the return
(illustrations de Clab)
Hermé, 1998

Et si on appelait un chat un chat ?
Le correctement incorrect
Mots & Cie, 1999

Ad aeroportum ! (À l'aéroport !) : le latin d'aujourd'hui
Mots & Cie, 1999

Le Cafard laqué : les mots-portemanteaux
Mots & Cie, 1999

Nouilles ou pâtes ?
Le bon sens des mots
Mots & Cie, 1999

Mes perles de culture : un catalogue déraisonné
Mots & Cie, 2000

Wit spirit vol. 1 : L'humour anglo-saxon
Mots & Cie, 2000

L'Almanach Chiflet 2001
Mots & Cie, 2000

Ciel ! Blake : dictionnaire français-anglais
des expressions courantes
Sky ! Mortimer : English-French
dictionary of running idioms
Mots & Cie, 2000

Wit spirit vol. 2 : L'humour anglo-saxon
Mots & Cie, 2001

Roger au pays des mots
(illustrations de Cabu)
Mots & Cie, 2001

On ne badine pas avec l'humour :
de l'humour et de sa nécessité
(en collaboration avec Maryz Courberand)
Mots & Cie, 2001

Schtroumpfez-vous français :
les schtroumpferies de la langue française
Mots & Cie, 2002

Antigone de la nouille
Mots & Cie, 2002

J'ai un mot à vous dire : un mot se raconte...
Mots & Cie, 2002

Réflexions faites... et autres libres pensées
Mots & Cie, 2003

Le Mokimanké : le dico des mots qui existent enfin !
(avec Nathalie Kristy)
Mots & Cie, 2003

Malheur au bonheur !
Le guide du sous-développement personnel
Mots & Cie, 2004

Nom d'une pipe ! : dictionnaire français-anglais
des expressions courantes (2)
Name of a pipe ! : English-French dictionary
of running idioms (2)
Mots & Cie, 2004

Petit dictionnaire des mots retrouvés
(préface de Jean d'Ormesson)
Mots & Cie, 2004

L'Agenda du V.I.P.
Mots & Cie, 2004

Le Diconoclaste : dictionnaire espiègle et saugrenu
Chiflet & Cie, 2005

Loftum Vaticanum : le vade-mecum du conclave
(en collaboration avec Lise Fitaire et Anne Camberlin)
Chiflet & Cie, 2005

So irresistible ! Deux siècles d'humour anglo-saxon
Chiflet & Cie, 2005
et « J'ai lu », n° 8242

So incredible ! Toujours plus d'humour anglo-saxon
Chiflet & Cie, 2006

The New Yorker :
les meilleurs dessins sur la France et les Français
Les Arènes, 2006

Le Coup de Chiflet
Chiflet & Cie, 2006

Les mots qui me font rire
et autres cocasseries de la langue française
Points, « Le Goût des mots », 2007

The New Yorker, les dessins inédits
Les Arènes, 2007

Comment résister aux fêtes de fin d'année
Chiflet & Cie, 2007

... Suites et fins
Chiflet & Cie, 2008

Sky my husband ! the integrale
Dictionary of the running English
Ciel mon mari ! l'intégrale
Dictionnaire de l'anglais courant
(illustrations de Pascal Le Brun)
Points, 2008

Porc ou cochon : les faux-semblants
Chiflet & Cie, 2009

99 mots et expressions à foutre à la poubelle
(illustrations de Pascal Le Brun)
Points, 2009

J'ai encore un mot à vous dire
Chiflet & Cie, 2010

RÉALISATION : PAO ÉDITIONS DU SEUIL
IMPRESSION : CPI FIRMIN DIDOT AU MESNIL-SUR-L'ESTRÉE
DÉPÔT LÉGAL : OCTOBRE 2010. N° 102829 (101787)
Imprimé en France

DANS LA MÊME COLLECTION

Derniers titres parus

Catalogue des idées reçues sur la langue
Marina Yaguello

« La diversité des langues, souvent perçue comme une malédiction, en particulier par les utopistes inventeurs de langues universelles, est en fait une richesse, un trésor dont nous n'avons pas fini de faire l'inventaire. » Chaque forme de langage est considérée comme une source irremplaçable de culture, et l'invraisemblable richesse, la formidable diversité des langues sont célébrées avec un plaisir contagieux.

Points, n° P1244

Sky my husband ! The integrale
Jean-Loup Chiflet

Ne soyez pas étonnés si en utilisant « la méthode Sky » aucun Anglais ne vous comprend ! Jean-Loup Chiflet a une manière toute personnelle de traduire les expressions françaises en langue anglaise. Ainsi, « Chouchou » devient « cabbage-cabbage » et une « Marie couche-toi-là » se transforme en « A-Mary-go-to-bed » ! Mais que l'on se rassure, ce manuel aussi surprenant qu'hilarant contient aussi la traduction exacte de toutes ces locutions joyeusement écorchées !

Points, n° P2037

Les Plus Belles Lettres du professeur Rollin
Ou comment écrire au roi d'Espagne pour lui demander la recette du gaspacho
François Rollin

Le professeur Rollin, homme de lettres et de verve, est aussi grand pédagogue. Il a souhaité rédiger pour nous cinquante-neuf modèles de lettres, toutes absurdement indispensables, qui nous permettront d'écrire au roi d'Espagne pour lui demander sa recette du gaspacho ou d'envoyer une lettre de candidature à un boulot pas fatigant et très bien payé… Tout cela avec un souci constant du mot juste, et de la dérision érigée en art.

Points, n° P2101

Répertoire des délicatesses du français contemporain

Charmes et difficultés de la langue du jour

Renaud Camus

Exactitude étymologique d'une part, réalité linguistique qu'on ne peut ignorer de l'autre: la langue vit, se tord, oublie ses nuances, se les réapproprie quelquefois au détour d'un usage. La leçon de Renaud Camus ? S'immiscer dans le secret des mots, dans les rouages les plus délicats de notre grammaire, goûter au plus près les subtilités exquises de la syntaxe, donner accès à la véritable jouissance du parler et de l'écrit.

Points, n° P2102

L'Amour du français

Contre les puristes et autres censeurs de la langue

Alain Rey

La langue française est-elle proche de l'agonie ? Est-elle menacée par les assauts du franglais et des SMS ? Telle est la prophétie de nombreux puristes et autres censeurs. Alain Rey entreprend de dépasser les vaines querelles pour affirmer son amour du français: une langue bien vivante que l'on peut d'autant mieux défendre que l'on connaît son histoire.

Points, n° P2151

Un mot pour un autre

Les pièges des paronymes

Rémi Bertrand

Armé d'un solide sens de l'humour et d'un goût certain pour les mots, Rémi Bertrand nous propose le guide indispensable pour démasquer les «faux jumeaux» de la langue française. Grâce à lui, plus de confusion possible entre «perpétrer» et

« perpétuer », « rebattre » et « rabattre », « collision » et « collusion »... L'heure d'une langue juste et précise a sonné !

Points, n° P2238

Le Grand Bêtisier des mots
Les plus belles perles d'Aristote à Pierre Desproges
Claude Gagnière

Dans cette compilation qui oscille entre humour et érudition, les mots sont légers, malins et mutins. Ils nous divertissent et nous surprennent grâce au talent de Claude Gagnière, qui sait dégoter les perles parmi les pataquès, barbarismes, contrepèteries et autres jeux de mots en tout genre qui peuplent notre langage.

Points, n° P2239

99 mots et expressions à foutre à la poubelle
Jean-Loup Chiflet

Certains, et non des moindres, pensent à juste titre qu'il faut voler au secours des mots et expressions frappés par la limite d'âge, avant qu'ils ne sombrent dans l'oubli le plus total. Riche idée ! D'autres comme Jean-Loup Chiflet suggèrent à leur tour d'ouvrir la chasse aux mots flous et vagues, creux et inutiles, qui polluent, qui irritent, bref, qui agacent notre langue au quotidien !

Points, n° P2268

Le Baleinié
Le dictionnaire des tracas
Christine Murillo – Jean-Claude Legay – Grégoire Œstermann

Offrir un cadeau avec le prix resté dessus, répondre au dentiste quand il a ses doigts dans votre bouche, sortir souriant mais effondré de chez le coiffeur... Tous ces tracas sont universels et pourtant il n'existe pas de mots pour les nommer. Ce dictionnaire propose 454 néologismes pour enfin rire de ces soucis.

Points, n° P2269

Mots d'amour secrets

100 lettres à décoder pour amants polissons

Jacques Perry-Salkow – Frédéric Schmitter

Inspirés par le célèbre billet de George Sand à Alfred de Musset, lettre innocente cachant une déclaration fort osée, les auteurs imaginent à leur tour des mots d'amour à double sens. Acrostiches, contrepèteries, homophonies et autres rébus habitent clandestinement les pages de ce livre, candides missives dont vous aurez à découvrir les secrets brûlants !

Points, n° P2309

Petit Abécédaire de culture générale

40 mots-clés passés au microscope

Albert Jacquard

Dans cette « mini-encyclopédie » vivante et alerte, le grand généticien Albert Jacquard définit et commente des concepts essentiels de culture générale : la vieillesse, la maternité, l'univers, la nation, la connaissance... Au travers de ces courtes chroniques, l'auteur nous invite à suivre le fil de sa libre pensée et partage les bases de son immense savoir et de sa réflexion profondément humaniste.

Points, n° P2330

Comment parler le belge

Et le comprendre (ce qui est moins simple)

Philippe Genion

Rire : verbe fondamental de la langue et de l'attitude belges (prononcez *bèlchhh*). Et ce ne sont pas les occasions de plaisanter (de soi et des autres) qui manquent en Belgique. Il y a Magritte, « peintre belge, grand amateur de pipes », des plats improbables comme le *poulycroc* (sorte de poulet reconstitué) et des expressions d'une truculence insoupçonnée. Français de France, savez-vous que *raclapoter* signifie « rafistoler » ? Qu'un enfant *cucuche* est tout simplement crasseux ? Et qu'à Bruxelles, on dit *non, peut-être* pour

« oui, sûrement » ? Ne vous y trompez pas : n'est pas belge qui veut !

Points, n° P2384

Le Sottisier de l'école

Philippe Mignaval

Connaissez-vous « Pétain le Bref » ? Saviez-vous que la bière était une fermentation de « houx blond » ? Et qu'un « kilo de mercure » pèse « pratiquement une tonne » ? Philippe Mignaval est allé recueillir les plus belles perles de nos écoliers : contresens, contre-vérités, mots d'esprit cocasses et calembours improbables… Il n'y a qu'une leçon à retenir : la vérité ne sort pas toujours de la bouche des enfants !

Points, n° P2385

La Petite Brocante des mots

Bizarreries, curiosités
et autres enchantements du français

Thierry Leguay

Expressions surprenantes et oubliées, bizarreries de l'usage, musicalité réjouissante des mots : on picore dans ce joyeux thésaurus d'innombrables trouvailles qui raviront les amoureux du français.

« Que collectionnent les personnes suivantes ?
Microtyrosémiophile : les étiquettes de portions de fromage.
Molafabophile : les moulins à cafés.
Raptomécanophile : les machines à coudre.
Notaphile : les factures ! »

Points, n° P2427

Propos sur l'imparfait

Jacques Drillon

En français, nous utilisons régulièrement deux temps pour exprimer le passé : le passé simple et un temps qu'on dit « imparfait ». C'est ce temps contradictoire, éminemment littéraire, qu'explore pour nous Jacques Drillon. Parcourant les textes de Proust, Flaubert ou Balzac, il nous en dévoile toutes les subtilités et nuances. « Il était une fois », n'est-ce pas le début de toute belle histoire ?

Points, n° P2476

Le Sottisier du collège
Philippe Mignaval

Les professeurs sont parfois quelque peu désemparés. Les élèves menacent de se suicider en avalant leur cahier de mathématique, pensent que Jules Ferry a rendu « les enseignants gratuits et obligatoires » ou que « les Égyptiens se déguisaient en momie pour échapper à la mort ». Bref, il y a du boulot ! Mais ces sottises de « l'âge idiot » ont un grand mérite : elles font travailler nos zygomatiques.

Points, n° P2477

Brèves de philo
La sagesse secrète des phrases toutes faites
Laurence Devillairs

« Le temps guérit de tout », « L'erreur est humaine », « Personne n'est irremplaçable ». Elles sont nombreuses, ces phrases toutes faites et passe-partout qu'on prononce sans y penser. Laurence Devillairs démontre avec humour que ces formules de sagesse populaire recèlent souvent de véritables leçons de philosophie.

Serions-nous donc philosophes sans le savoir ?

Points, n° P2478